KB065584

문학과지성 시인선 482

녹턴

김선우 시집

문학과지성사

문학과지성사에서 펴낸 김선우의 시집

내 몸속에 잠든 이 누구신가(2007)

문학과지성 시인선 483

녹턴

초판 1쇄 발행 2016년 4월 11일
초판 10쇄 발행 2024년 9월 30일

지 은 이 김선우
펴 낸 이 이광호
펴 낸 곳 ㈜문학과지성사

등록번호 제1993-000098호
주 소 04034 서울 마포구 잔다리로7길 18(서교동 377-20)
전 화 02)338-7224
팩 스 02)323-4180(편집) 02)338-7221(영업)
전자우편 moonji@moonji.com
홈페이지 www.moonji.com

ISBN 978-89-320-2860-6 03810

이 도서의 국립중앙도서관 출판예정도서목록(CIP)은 서지정보유통지원시스템 홈페이지(http://seoji.nl.go.kr)와 국가자료공동목록시스템(http://www.nl.go.kr/kolisnet)에서 이용하실 수 있습니다. (CIP제어번호: CIP2016008165)

문학과지성 시인선 483

녹턴

김선우

시인의 말

지금 이 순간을 떠도는 행려들의 꽃핌을 위하여.
위하여,라고 기어코 쓸 수 있기 위해 수없이 발목을 삔
갸륵한 의지의 몽유를 위하여.
그리하여 찾아낸 바로 당신을 위하여.

2016년 4월
김선우

녹턴

차례

시인의 말

1부

2부

3부

1부

花飛, 그날이 오면

길 끝에 당도한 바람으로 머리채를 묶은 후
당신 무릎에 머리를 대고 처음처럼
눕겠네 꽃의 은하에 무수한 눈부처와
당신 눈동자 속 나의 눈부처를
눈 속에 모두 들여야지
하늘을 보아야지
당신을 보아야지
花, 飛, 花, 飛,
내 눈동자에 마지막 담는 풍경이
흩날리는 꽃 속의 당신이길 원해서
그때쯤이면 당신도 풍경이 되길 원하네

그날이 오면
내게 필요한 건
이름 붙이지 않은 꽃나무 한 그루와
당신뿐
당신뿐
대지여

소울메이트

1

반쪽 빛을 찾아 헤매는 것이 아니라 반쪽 어둠을 찾아 영접하는 것이다.

영혼은 본래부터 완전하였다.

2

영혼의 혈거

그 바닥엔

우주먼지로 지어진 밥상 하나

그 위엔

먼지의 밥 한 그릇 숟가락 두 개

바라보며 나누어 먹으며 가끔 입가를 닦아주며

검은 미사에서 나를 보았다

여러 겹의 잠을 차례로 떠내는 중이네.
내 뼈의 나이테에도
고통이 키운 마디가 제법 되네. (누구나 그렇듯)
세월이란 푸른곰팡이 슨 고통의 마디마저
희고 검은 건반이 되는 동안,이라 적어두는 게 좋으리.
누르면
어떤 장단으로든 음악이 되는
절, 룩, 절, 룩 (누구나 대개 그렇듯)
이 길이 치욕의 쪽인지 평안의 쪽인지 가늠할 수 없지만
무슨 상관이란 말인가, 꺾여 있고 그것을 견디는 동안
뼈의 나이테에도 혼이 생겨서
혼을 닦아주러 오는 또 다른 혼들을 내 눈동자가 볼 뿐
초저녁 울음은 진혼가라는 것
진혼 뒤엔 드넓게 펼쳐진 밤의 힘줄을 딛고

검붉은 먼지구름의 신발이 다가오고
그 신발을 벗겨 머리에 쓰는 자,
발톱을 일으켜 세워 (이 순간 누구나는 사라지네)
문밖으로 나서는 자를 나는 기다리고 있다는 것
기다리는 그가 온다면 기꺼이
살 발라진 텅 빈 잠 속으로 나는, 다시
부대끼는 뼈들의 하모니 속으로 나는, 또다시
달려가고자 하는 검은 개요, 전속력으로
고통의 나이테를 화환으로 두른 자로서.

싸락눈

싸그락싸그락 싸락눈 내리는 밤하늘엔 마른 눈송이들 부딪는 정전기가 별똥처럼 반짝이고
소녀는 그런 하늘이 그렇게나 좋았다

싸락눈은 마른눈 싸락눈 내리는 밤은 마른 밤…… 눈이 늘 젖어 있는 어미를 다독이며 소녀가 싸락싸락 노래 불렀다

일기장 펼쳐 빈 페이지 가득 싸락눈을 받는 게 좋았다 싸락눈은 마른눈 공책이 젖지 않지 싸락눈 털어낸 노트에 침 발라 연필 꼭꼭 눌러가며 병을 앓고 있다 쓰지 않고 병과 싸우고 있다고 쓰는 게 또 그렇게나 좋았다

쟁쟁쟁 챙강챙강 차릉차르릉 싸락눈 부딪는 소리 밤하늘에 가득하면 외롭지 않은 밤이라서 좋았다

부딪히고 멍들면서도 저렇게 예쁘구나 살아 있어

라 살아서 반짝이는 싸락눈을 받을 테야 정전기 이
는 밤하늘 한 칸을 반듯한 모눈종이로 간직하고픈
소녀는 싸락눈 내리는 밤을 오려 심장 깊은 방문에
붙여두었다

질척이는 젖은 날들 속에 싸륵싸르륵 마른날이 심
장 제일 깊은 부적처럼 나부껴서 소녀는 그렇게나
눈이 검고 맑았다

한 방울

새벽에 일어나 오줌을 누다
한 방울
오줌 방울의 느낌

물은 빠져나가니까
몸에 갇히지 않으니까
어디서든 기어코 흐르니까

가두는 자가 아니라
흐르고 빠져나가는
저 역할이 마음에 든다…… 중얼거리며

물로 태어나리라
처음은 비

입술로 스며 그대 몸속
어루만져 속속들이 살린 후
마침내 그대를 빠져나가는

이런 이별
—1월의 저녁에서 12월의 저녁 사이

그렇게 되기로 정해진 것처럼 당신이 내 마음에 들어왔다.

오선지의 비탈을 한 칸씩 짚고 오르듯 후후 숨을 불며.

햇빛 달빛으로 욕조를 데워 부스러진 데를 씻긴 후

성탄 트리와 어린양이 프린트된 다홍빛 담요에 당신을 싸서

가만히 안고 잠들었다 깨어난 동안이라고 해야겠다.

1월이 시작되었으니 12월이 온다.

2월의 유리불씨와 3월의 진홍꽃잎과 4월 유록의 두근거림과 5월의 찔레가시와 6월의 푸른 뱀과 7월의 별과 꿀, 8월의 우주먼지와 9월의 청동거울과 억새가 타는 10월의 무인도와 11월의 애틋한 죽 한 그릇이 당신과 나에게 선물로 왔고

우리는 매달리다시피 함께 걸었다.

행복해지고 싶은 마음이 있는 한 괜찮은 거야.

마침내 당신과 내가 눈치챌 수 있을 정도로 12월이 와서, 정성을 다해 밥상을 차리고
우리는 천천히 햇살을 씹어 밥을 먹었다.

첫번째 기도는 당신을 위해
두번째 기도는 당신을 위해
세번째 기도는 당신을 위해
그리고 문 앞의 흰 자갈 위에 앉은 따스한 이슬을 위해

서로를 위해 기도한 우리는 함께 무덤을 만들고
서랍 속의 부스러기들을 마저 털어 봉분을 다졌다.
사랑의 무덤은 믿을 수 없이 따스하고
그 앞에 세운 가시나무 비목에선 금세 뿌리가 돋을 것 같았다.
최선을 다해 사랑했으므로 이미 가벼웠다.
고마워. 안녕히.

몸이 있으면 그림자가 생기는 것처럼, 1월이 시작되면 12월이 온다.

당신이 내 마음에 들락거린 10년 동안 나는 참 좋았어.

사랑의 무덤 앞에서 우리는 다행히 하고픈 말이 같았다.

새

무언가 팔랑거렸다

공중에서

찰나에 보인 그것이

흰 손수건 같다
누군가의 눈물을 방금 닦아낸
손수건을 쥔 흐릿한 흰 손 같다고

느끼는 순간

어느새 내 얼굴에서 눈물이 깨끗이 닦여 있다

누구?

묻지 않는다

나의 몫은 이 찰나를 잘 기억했다가
내 곁으로 오는 누군가의 눈물을 이렇게 닦아주는 것

언제든 쓸 수 있게
정갈한 흰 손수건을 챙겨두는 것

분별이 사라진 손수건을

몸과 몸이 처음 만나 보얘진 그 입김을 말이라 했다

엄마가 나를 낳았지.

파독 간호사였던 K가 요양원 침상에서 되뇐 말. 스무 살에 독일로 가 평생 거기서 산 그녀의 모국어는 독일어. 한국어를 잊고 산 지 반백 년이지만, 치매가 생긴 후 잃어버린 말은 오히려 독일어였다.

어머니가 나를.

침상에 누워 동그란 손거울 들여다보며 K가 한국어로 엄마를 불렀다.

낳았지.

마른침 엉겨 붙은 K의 입가에서 시간이 어려지고 가끔 허공을 쓰다듬는 검버섯 핀 손등에 도드라진 푸른 핏줄이 기억에 없는 동구 밖 시냇물 같았다. 기억을 잃기 시작한 밑바닥에서 실개천처럼 떠오른

말. 반백 년보다 질긴 젖먹이 말. 몸과 몸이 만나는 따스함을 처음 알게 한 아스라이 보얗게 젖은 입김의 말. 어미…… 말.

조금 먼 아침

나비는 네거리로 갈 것이다
한 나라를 상여에 싣고 장지로 가는 동안
먹은 것 없이 자주 체하는 백 년이에요,
낭인의 노래 위에서 나비가 잠시 졸고 끝없이 잠
시 졸고
도시는 격렬한 척 시든다

꿈에서 만난 죽은 사람에게
흰죽을 한 숟가락씩 떠먹이는 자세로
나는 네거리에서 흰죽을 먹고 있다

숟가락을 쥔 오른손의 그림자
아주 희미한 나비의 웃는 그림자

당신은 어느 쪽이에요?
나는 어젯밤 나를 만났어요.

가객의 본업은 죽은 사람을 만나 못다 한 그의 이

야기를 듣는 일
가객의 부업은 산 사람의 고단한 저녁에 피가 도는 날개를 달아주는 일

나들의 시, om 11 : 00

언젠가 죽어본 적 있는 그 시간이다
달이 찼다
영원히 살 것처럼 탐욕하는 부자들이 불쌍하다

이 별에서 꼭 해야 할 일은
자기가 누구인지를 아는 일뿐

가을에 떠난 너의 이름을
다시 가을이 온 후에 비로소 불러보았다
아무렇지 않았다
여전히 사랑했다

산 사람들 속에 죽은 사람들이 함께 살아서
여기가 진짜 지옥이 되지는 않는 거라고,
나에게 보낸 너의 마지막 편지에
씌어져 있었다 달빛이 따스했다

착하고 슬픈 사람들을 위해 시를 쓰겠다고

달에게 약속했다

*

"믿어야 구원받습니다. 믿지 않으면 지옥에 갑니다. 지옥에!"

am과 pm의 시간에서 누군가 말한다 그 순간 om의 시간이 그믐처럼 스미며

당신…… 여기가…… 어디라고 생각해?

시간이 없다고 말하는 바로 그 시간에

시간이…… 없다고? 마치 시간을 가져본 자처럼 말하는군 당신이 가진 24시간을 필요에 따라 나눠 쓴다는 듯이 시간이 든 알사탕 주머니를 소유한 관료처럼 제복을 입은 스물네 개의 병정인형이 흰 계단과 검은 계단을 꾹꾹 누르며 악보에 적힌 대로 안녕하게 행군한다는 듯이 이봐, 모른 척하고 싶겠지만,

om의 초승달 속에서 검은 혀들이 자라나며 째깍, 째깍, 째깍거리고 검은 혀의 뿌리에서 치솟는 검은 연기의 족보를 추적하다 권총을 빼 드는 누군가 있다 고유한 자신을 살해해야만 살아남을 수 있는 잔인하고 우스꽝스러운 중독된 시간에 대하여…… 살의를 갖기 시작한,

반가워. 이런 노래를 들어본 적 있나.

시간은 당신과 함께 있지만 당신이 시간을 가질 수는 없어. 당신이 사라지면 시간도 사라지지. 왜냐하면 당신이 시간이니까. om의 초승달로 어릿광대

를 보내줘.* 당신…… 내가 아직 삶 이전이라는 걸 알아챈 내게, 어릿광대의 찢어진 붉은 모자를, 따스한 탄환을, 오늘 밤은 살의 가득한 찬란한 훈풍을, 끼이익,

* 「어릿광대를 보내주오Send in the Clowns」: 뮤지컬 「A Little Night Music」의 삽입곡.

별들이 구부리는 법을 가르친다

,,

,,

,,,,,,,,,, 한 점으로부터 우리는 뿌려졌다,,,,, 노래의 시작,,,,,,, 별들이 율동한다,,,,,,, 태어나 별자리를 구성하며 노래하고 춤추다가,,,,, 죽는다,,,,,,,,, 끝을 알 수 없다는 것은 밤의 희망,,,,,,, 보이지 않는 낮의 노래를,,,,,,, 밤의 산책 끄트머리에,,,,, 음표로 꿰어 둔다,,, 시작을 알 수 없다는 것은,,,,,,,,,,,,,,, 낮의 희망,,,,,,,,,,,,,,,,,, 보이니?,,,,,,,,, 너의 몸,,,,,,,,,,, 너라는 시간을 만드는 필요조건,,,,, 너를 담는 따스한 무덤,,,,,,, 밤의 눈꺼풀을 열고 폭포처럼 쏟아지는 새소리,,,,,,, 지저귀며 부풀어 오르는 은하,,,,,,,, 보드라운 솜털 사이로 지는 유성들,,,,,,,,,,,,,, 너를 맞는 별의 수줍은 조각들,,,,,,, 내가 될 너의 조각들,,,,,,, 별의 종아리에서 태어난 몽유,,,,,,,,,,, 별자리의 합창 너머에서 동트는 아침,,,,,,,,,,,,,,,,,,,, 너라는 시간의,,,,,,,,,,,,,,,,, 파동,,,,,,,,,,,,,,,, 몸 밖의 눈이 멀어 몸속으로 구불구불 뚫린 은하가 있다,,,,,

,,,,,,,,,, 아직 도착하지 않은 우주를 기다릴 필요는 없다,,

,,,,,,,,,,,,,,,,,,,,,,,,,,,,,,구부러진 시간을 통과하지 않고는 갈 수 있는 곳이 없으니까,,,,,,,,,,,,,,,,,,,,,,,,,,,,

* 파울 클레의 작품명 「이 별이 구부리는 법을 가르친다Dieser Stern Lehrt Beugen」 변용.

나들의 시, 너의 무덤가에서

om 5:00

(24시 편의점 같은, 편의를 위한 24시 너머, 혹은 그 안쪽으로 당신이 놓친 시간들을 찾아서, 오늘은 이렇게 씁니다)

너의 손은 달처럼 변하네. 손금을 따라 밀물 드는 소리와 썰물 빠지는 소리가 나고. 파도를 뒤적인 손을 귀에 대어보네. 나는 거품처럼 사라지고 너는 바다처럼 남네.

(생생하다는 게 그런 거라고 문득 생각합니다
꽝꽝 언 동백 같은 시간이라 해도 좋겠습니다)

오래전 죽은 별의 흩어진 육신으로부터 맑은 침 한 방울이 흘러내려…… 메마른 혀를 적시며 나의 아침이 온다. 잠에서 깨면 나들이 물 한 잔을 마신다. 내 몸 끝에서 누가 깨는 소리…… 혹은 너의 몸 끝에서 내가 깨어난 느낌…… 어, 내가 왜 네 배꼽에서 태어

나는 거지? 그렇게 아침이 왔다. (정확하게 말하자면, 아침을 닮은 시간이 왔다) '해'라고 부를 만한 별이 빛을 쏟고 '달'이라 부를 만한 별이 흰 얼굴로 안녕이라고 말한다. 점성술을 배운 회양목처럼 나는 조심스럽게 양말을 신고. 간밤 새로 태어난 별과 죽은 별을 헤아려 축하와 애도의 편지를 쓰고.

(짐작하시겠지만 죽은 별에게는 축하의 편지를, 탄생한 별에게는 애도의 편지를 쓰는 것이 내 오랜 휴머니즘입니다)

버려진 그림자들을 모아다 불을 지피는 건 오래 지속해온 나의 소임. 그림자 땔감으로 만든 불은 냄새가 좋다. 냄새가 좋은 불로 나는 오늘의 밥을 짓고 너를 부른다. 나라는 먼지는 너라는 별을 구성하는 중요한 진실이다. 너라는 먼지는 나라는 별을 구성하는 중요한 진실이다. 세상은 빌려 온 이름들로 가득해 너는 점점 야위어가고. 오늘에 어울리는 이름 하나를 주워 들고 너는 불 옆으로 오고. 우리는 포옹한 채 그림자들을 불 속으로 던진다. (어제가 죽어서 오늘이 오고 오늘이 죽어서 내일이 오고) 너를 안고 있는 나는 기쁘다. 살아 있는 모든 날은 오늘이니. 오늘 기쁜 너와 내가 종알거린다.

오늘은 어제 채집해둔 이름들을 반죽해 호박칼국수를 끓일까?

아, 그런데…… 24시간으로부터 너무 멀리 온 것 아냐? 그래도…… 이리로 올래?

타락천사, om 12:00

보았을 때, 심장이 요동쳤습니다. 본향이 심해임을 그때 알았습니다. 오래전 물고기였던 심장이 지느러미를 파닥거렸습죠. 파도를 느껴야만 당신에게 갑니다. 암요, 파도가 없다면 당신은 그저 지나가는 사람. 나는 지나가는 사람과는 사랑에 빠지지 않습니다. 연애와 사랑은 다른 거니까요. 어둔 데서 올라온 빛들이 더 눈부십니다. 파도 속에서 내 귀가 당신을 듣는 동안 부풀어 오르며 발기한 심홍빛 아가미…… 파도가 파도를…… 파도와 파도 사이……

타락이요? 물론 나는 저항하는, 척했습죠. 마스터, 자존심을 건드리고 싶진 않았어요. 그래도 그는 아버지,이니까요. 나는 추방당하는 자 그는 추방하는 자가 편합니다. 내가 추방을 원했음을 그가 안다면 오 가련한 노인네, 그는 끓어넘쳐 재가 될 거요. 이미 그의 몸 절반은 잿빛이라오. 아무튼 나는 이제 홀가분합니다. 몇 번의 무단 외출을 들키자 규칙에 따라 추방 절차를 거칠 수 있었지요. 날개를 반납

하는 일이 육체적으로 고통스럽긴 했지만 fallen! 겨드랑이에 지져진 화인, 근사하지 않습니까? 나는 드디어 마스터의 동아줄에 매달리지 않아도 되는 겁니다. 날개가 있는 동안은 손을 놔도 떨어지지 못하는 게 천사의 운명입죠. fallen angel, 인간의 것과 다를 바 없는 살 타는 냄새가 피어오를 때, 배은망덕한 가죽주머니 같으니라구! 마스터가 욕지거릴 씹어 뱉었는데 실룩거리는 그 얼굴이 몹시 고독해서 마음 아프긴 했습니다……만, 풀잎 하나를 품을 수 없는 손으로 대체 어떻게 풀밭 전체를 구하겠다는 것인지! 나는 그를 향해 속삭였지요. 풀잎은 버려지지 않아요, 마스터. 하잘것없는 것들이 싫으시죠? 그 때문에 풀잎은 버려지지도 않아요. 그들은 서로 돌보죠. 보세요, 마스터, 저 아래 무한한 풀잎의 바다를…… 파도에 휩쓸리며 파도를 타면서…… 우우우 스스로 파도치는 풀잎들을…… 나는 지루한 여기를 떠나 그들에게 갈 겁니다. 물론,

나는 알 수 없어요. 기억이 사라지는 것과 몸이 사라지는 것. 둘 중 어느 것이 덜 잔인한지. 여기까지만 말하겠습니다. 길을 잃고 싶어 우는 아이의 손에 쥐여주는 불과 얼음의 나침반, 그냥 그런 추락이라 합시다. 지상은 시한부라고요? 흐흣, 어떤 생도 시한부이지요. 심지어 마스터 그도 내가 기억하는 한에서만 삽니다. 남은 생이 얼마건 상관없어요. 그 시간을 어떻게 살지 내가 결정한다는 것, 그것으로 충분합니다. 내가 받아들일 마지막 명령, 추락의 시간, 어서 내려가야겠어요. 사랑한다면 작별도 오겠지요. 그 모두를 거쳐 도달할 통찰을 기록할 새 언어도 배워야 합니다. 뒤에 올 타락천사들에게 나의 기록이 조금이라도 도움이 된다면 좋겠소. 그럼 이만 굿.

아, 첫 도착지 말입니까? 어디든! 자기를 혁명하지 않는 자들이 세상을 혁명하라고 떠들어대는 저 기름진 돔 근처만 빼고 어디든지! 자, 이제 진짜 굿바이, 마스터.

참나라니, 참나!

그렇게 말한다면 이슬의 역설이라 하옵지요.
비루를 덜기 위해 저잣거리를 떠났던 자이오나
참나의 환영에 속았음을 알게 됐습죠. 참나라니,
나참.
속았으니 냉큼 돌아올밖에.
마음 깊이건 영혼 끝이건
나를 초월한 어딘가에 있을 나를 찾아 영영 헤매
라뇨. 참나.
먹지도 자지도 훼손되지도 않는 영롱한 참나의 이
데아라뇨. 나참.
비루할지라도 당신,
당신들과의 접촉면에서 이슬이 맺히죠.
이슬은 있기도 하고 없기도 하죠.
나 아닌 존재와 연결되어야만 내가 되는 영롱함.
나의 밤을 깊이 두드리면 내가 없다는 걸 알게 되
는 아침이
드물지만 오기도 합디다.
당신이 기쁠 때 왜 내가 반짝이는지 알게 되는

이슬의 시간,
닿았다 오면 슬픔이 명랑해지는
말갛게 애틋한 그런 하루가 좋습디다.

몸살

나는 너의 그늘을 베고 잠들었던 모양이다.
깨보니 너는 저만큼 가고.
나는 지는 햇살 속에 벌거숭이로 눈을 뜬다.
몸에게 죽음을 연습시키는 이런 시간이 좋아.
아름다운 짐승들은 떠날 때 스스로 곡기를 끊지.

너의 그림자를 베고 잠들었다 깨기를 반복하는
지구의 시간.
해 지자 비가 내린다.
바라는 것이 없어 더없이 가벼운 비.
잠시 겹쳐진 우리는
잠시의 기억으로도 퍽 괜찮다.

별의 운명은 흐르는 것인데
흐르던 것 중에 별 아닌 것들이 더러 별이 되기도
하는
이런 시간이 좋아.
운명을 사랑하여 여기까지 온 별들과

별 아닌 것들이 함께 젖는다.

있잖니, 몸이 사라지려 하니
내가 너를 오래도록 껴안고 있었다는 걸
알게 된 날이야.
알게 될 날이야.
축복해.

게이트리스 게이트

애초에 문이 있었나요?

(네?)

보았습니까, 문을?

(문이 있다고 믿는 너의 커다란 눈에 눈물이 꾹 차오른다)

본래 없어요, 당신이 기어코 열고 나가야 할 문 같은 건!

(공포로 출렁이는 너의 눈동자)

없으니 더는 찾지 마요. 삶은 문을 찾으라고 있는 시간이 아니에요.

(운다, 너는)

문이 없으니 당신이에요.

(환해진다, 너는)

*

방금 내가 만진 시간, 그거, 당신이었지요?

내가 만진 시간, 당신

을 사랑하는 일

에 정성을 다하는 것

굳이 말해야 한다면 이것이 나의 신앙

*

만약 문이 있다 해도 말입니다.
실은 없는 거나 마찬가집니다.
저글링하는 광대를 생각해봐요.
오렌지든 해골이든 감자든 불공이든
이 손에서 저 손, 저 손에서 이 손 사이처럼
이 문에서 저 문으로 저글링하는 동안
이 문을 떠나 저 문에 닿기 전까지의 시간만
삶이라 부르오.

그러니 딴 데 보지 말아요.

지금 이 순간에 집중하기에만도 인생은 짧아요.

민달팽이를 보는 한 방식

가출이 아닌 출가이길 바란다
떠나온 집이 어딘가 있고 언제든 거기로 돌아갈 수 있는 자가 아니라

돌아갈 집 없이
돌아갈 어디도 없이
돌아간다는 말을 생의 사전에서 지워버린
집을 버린 자가 되길 바란다

매일의 온몸만이 집이며 길인,

그런 자유를……

바란다, 나여

견주,라는 말

주인 없는 개,라는 말을 들을 때 슬프다.
주인이 없어서 슬픈 게 아니라
주인이 있다고 믿어져서 슬프다.

개의 주인은 개일 뿐인 거지.
개와 함께 사는 당신은 개의 친구가 될 수 있을 뿐인 거지.

이 개의 주인이 누구냐고요?
그야 개, 아닐는지?

이 개가 스스로의 주인이 될 수 있게 해주는 사람이라면
사랑을 아는 좀 멋진 절친쯤 될 수 있겠소만.

om의 녹턴

回

허공을 떠돌며 돌들이 울었다
돌 우는 소리 때문에 달이 붉었다

"엄마, 슬픈 사람들이 떠다녀."

누구나 볼 수 있으나
보지 않으려는 이들이 더 많았다
모두가 보았을 때에도 누구나 울지는 않았다

아프고 아름다운 땅이었다

눈이 멀 것 같은 밤이었다

歸

없는 너를 덮어쓴 흔적들이 무겁다

네 몸에 남았을 내 포옹의 흔적처럼
그림자들이 여리게 들썩인다

검은 주름들 사이에서 검은 싹이 돋는 것을 지켜보다가
너를 아는 누군가 이삿짐을 쌀 것이다

식은 잿더미에서 투명한 불의 날개를 가진 새들이 날아오르고
검은 구름이 끝없이 펼쳐져 하늘의 대지를 이룬 밤이다

새들이 울며 부리에서 떨구는 것이
침묵임을 알아채는 데 그리 오래 걸리지 않았다

"말이 너무 가득해지면 몸을 잃어버리는 꿈을 꾸지."

"그런데 그것이 악몽인가?"

來

"뭐 별거 없어요. 태어나고 이동하고 소멸해가는 거요."

(..................)

"하루 동안 나는 서른 번 이상 죽기도 합니다."

(........................)

"당신을 만나 이마에 키스한 후 나는 행복하게 사라졌다오. 그렇게 한번 죽은 거죠."

(..............................)

"한밤중 당신과 통화할 때 나는 아기처럼 막 태어난 상태라오."

(……………………………)

“이름은 몰라요. 그 순간 나를 순이라 부르든 조약돌이라 부르든 달리아라 부르든.”

(…………………………………)

“살아 있는 모든 것의 속사정은 마찬가지 아니겠소. 이름 없어도 모두 반짝이지. 살아 있는 것은 다 숨을 쉬니깐.”

(………………………………………)

“아 좋아요, 좋습니다. 막막해서 평화로워요. 이대로 소멸해도 두렵지 않습니다. 두렵다는 마음이 떠오를 새도 없이 오오, 나는 벌써 소멸 중이오!”

(…………………………………………)

居

밤의 공기를 한 줌씩 쥐었다 놓을 때마다 내가 만진 허공에서 가시가 돋는다

누구나 볼 수 있으나 아직 아무도 보지 못한 것을 찾고 있다

戀

"우체통을 보면 손을 넣고 싶어져."
"심장을 기대하니?"
"것도 좋고, 너의 머리칼이어도 좋고."

너는 내가 가질 수 없는 곳에 있다
우체통 속에 든 너
간혹 손을 넣어 너의 안부를 만진다
어느 날의 연둣빛 손가락, 진초록 발, 검은 유리의 머리카락……
보이지 않지만 접속하고 싶은 것들이 아주 많이 사는

(우체통 같은 세상이라고 하자
오래 그리운 것은 우체통 속에 산다고 하자)

수많은 사연이 모여들어 도시를 이루지만
이 도시는 사연들을 돌보지 않네

인간이 별처럼 흘러가는 하수구, 가녀린 안부들

우체통 속에서 들리는 밤물결 소리……

누군가 돌 하나를 방금 떨구었다
우체통 속으로

幕

별이 떨어진다

"여기서 보는 별의 임종은 정갈합니다."
"다행히도."

하늘 가득한 성좌들, 떨어질 때는 모두 혼자이다

"떨어지는 별도, 별을 놓는 허공도 모두 정갈합니다."
"다행히도."

홀로임을 받아들인 자들이 밤을 창조한다

"나를 만나면 나를 죽여야 합니다."
"가혹한가?"
"그럴 리가. 그렇게 시인은 자기를 해방합니다."

오늘도 별들이 떨어진다
거듭되는 매일의 임종게와 탄생게

원시은하로부터 아기우주에 이르기까지
육신을 이루는 낱낱의 세포들을 별이라 부른다

"죽은 별들의 무덤이 거기냐고?"

(막과 막 사이)

"무덤은 영영 도래하지 않소. 나는 천국에서도 천국을 상상할 테니!"

詩

잠,
내가 누리는 가장 큰 쾌락
너를 초대할게
잠,
속으로 들어와

오늘은 너의 쾌락을 위해 정성을 다하고픈 날이기
도 하다
잠,
그리고 섹스,
섹스는 몸의 대화
통하는 몸들의 기쁨
네 몸이 펼치는 모든 말을 구두점 하나 놓치지 않
고 귀 기울여 만진다
이 쾌락은 포에지에 가깝지
포엠이 사라져도 포에지의 꿈은 남네
多情한 몸의 通話
詩情이라 할 만한
아직…… 우리가 인간인 한

다시
잠,
쾌락 속에서 나는 쓴다
무엇을 쓰느냐가 중요하진 않아

쓰기 위해 홀로 고독해지는 시간이 좋아
홀로 출발하지만 홀로를 넘어
물과 불과 바람과…… 풀잎…… 풀뿌리들인 나들과
노는 시간
"삼라만상 혼들과의 섹스입지요."

잠,
속에서,
나는 쓴다, 그러므로 당신이 읽는다
(읽는 당신이 단 한 사람일지라도)
'쓴다'는 행위를 사랑한다는 자각이 명료할 때 나는 직업인이라는 생각이 듭니다

잠,
지상에서 내가 누리는 가장 큰 쾌락
오늘은 잠,
속에서 너와 섹스하고

시를 썼다
시인이 직업인 자의 아름다운 커튼콜
무대 뒤편에 시궁쥐들이 우글거렸으나
망한 극장의 먼지 가득한 폐허 속에서도 외롭지 않았다

生

여행기를 여행하는 사람들이 참 많소
(그것도 나쁘진 않지만)
여행기를 쇼핑하는 사람들은 더 많소
(이렇게 죽어갑니다)

여기까지 와도 여전히 길은 멉니다
본래 먼 것이…… 사라지는 것이…… 없는 것이 그것이라는 듯
또 얼마나 멀리 걸어야 하는 겁니까?

(시인의 생도 마찬가지요
한 시집에서 다음 시집 사이를 어떻게 살아냈느냐,
이로써 가름됩니다
살아 있기가
끝없이 멉니다)

한 걸음씩
지금 여기에서
오직 한 걸음씩

通

밤의 한가운데 유독 천천히 마치 빈 배처럼 내려오는 나뭇잎 한 장이 보인다

(저 나뭇잎 한 장은 빈 배 때문에 빈 배처럼 오는 것

이 아닐 것이다 여러 경우의 수 중 하나를 들자면 채찍을 말하고 싶다 저 나뭇잎 한 장은 찢어지는 공기를 본 것이다 스스로를 채찍질하며 내달린 존재들이 공기를 찢으며 뿜는 피냄새를 맡은 것이다 자신을 상하게 하며 추락하는 슬픔, 피냄새를 맡은 자는 변해야 한다고 믿은 것이다 여러 경우의 수 중 하나를 들자면)

공기의 결을 다치지 않게 팔랑팔랑 천천히 빈 배처럼 오는 나뭇잎 한 장을 이 늦은 가을엔 끌배로 쓰소서

亂

밤엔 모든 감각이 예리해집니다 후각이 특히 그렇소 콩기름에서 돼지 냄새가 납니다 포도에서 시멘트 냄새가 옥수수에서 제초제 냄새가 딸기와 토마토에서 넙치 아가미 썩는 냄새가 상추에서 콜타르 냄새

가 물에서 표백제 냄새가 아아 코가 아파 미치겠습니다 더 많이 더 효율적으로 생산해 더 많은 돈을 벌겠다고 벌이는 짓들이 대개 이렇습니다 당신은 사람입니까? 사람에게서 나는 냄새라고 믿을 수가 없군요 기괴한 냄새들이 내 안의 분노를 깨워 사나워지는 내가 무섭습니다

忍

자정의 종탑에서 종이 울린다

"누가 부딪혔어요."
종소리가 무서워 달려오던 소년이 있었다
내 품에서 그렇게 운 지 아주 오래인 겨울이었다
"살아 있을까요?"

나는 그때 아무런 대답도 해주지 못했다

"부딪혀서 가벼워지는 중일 수도 있어"라고 입속에서 맴돌던 말을 끝내 꺼내지 않았다

3백 년쯤 전 그 수도원에 살 때였다

새들이었을까?
새뿐이었을까?
나 역시 밤의 종소리가 무섭고 서러웠지만

끝내 수도원을 떠나지 못했다
수도원 바깥이 더 무서웠기 때문이다

怏

밤의 부드러운 노동요
밤은 노동을 즐기네

노동은 타락을 막는 항생제
밤은 스스로를 지키네

건강한 노동은 착취 없는 노동
좋은 노동은 자유를 향하지

그중에 제일은 사랑이라는 노동

사랑을 포기하지 않는 한
밤은 버려지지 않네

恩

그이는 지금 잠들었을까 폐지 수레 끌고 건널목에서 있던 노란 가방을 멘 소년이 건널목을 뛰다 넘어지는 순간 믿을 수 없이 빠르게 소년을 일으켜 안던 안녕을 확인하자 이내 굼뜬 노파로 돌아가 소년에게

천천히 밤빛 양갱을 건네던 노쇠하고 남루한 그 손 앞에 주춤거리던 소년은

뒤늦게 달려온 아이 엄마가 노파의 손을 쳐내며 아이를 안을 때 울음을 터뜨린 소년에겐 말하기 어려운 어떤 미안함이 있는 듯했고 소년에게 답하듯 그이가 고개를 끄덕였다 주름 가득한 손을 아래위로 끄덕이며 괜찮다 네가 괜찮으니 나는 괜찮다 깨끗한 아이에게 더러운 노파가 건네려던 밤빛 양갱 같은

밤의 빛

이름 붙이기 어려운 연약한 고귀함이 밤의 빛 속에 떠 있다

招

"네가 그 노래를 죽였니?"
라고 물으며
바람이 자꾸 창문을 흔들고 간다

내가 죽인 노래에 대해 생각하다
향을 피우고 촛불을 켰다

오래전 어떤 부족들은
시집을 읽을 때 향을 피웠다

사라진 시집의 사라진 페이지를 펼쳐
소리 내어 읽으며
나는 참회했다

노래를 이어가지 못했다
너무 아팠으므로 노래할 수 없다고 생각했다

"네. 어떤 노래들을 제가 죽였습니다."

시인으로서 직무 유기였다

隣

나무 곁으로 가고 싶은 나무
돌 곁으로 가고 싶은 돌
금붕어 곁으로 가고 싶은 금붕어

(어느 사하촌, 절 들어가는 숲길에 한 전나무 쓰러져 옆의 전나무 밑둥치에 우듬지 대고 있었지 지난여름 폭우 속에 번개 맞았다는 전나무, 길게 누운 임종의 방향에 대해 생각했네)

—1년 동안 금붕어를 잘 돌보면요.

그 시간만큼 우린 더 살 수 있어요.

금붕어를 방생하러 가는 길
잘 돌보면 그 시간만큼 살 수 있다는,
수명에 대한 욕망이라기보다
삶이 조금 더 반짝거리길 바라는 마음이겠지
금붕어의 몸빛처럼

—서둘러줘요, 기사 양반. 정오까지 알리의 샘*에 가야 해요.

정오의 곁으로 가고 싶은 정오
저녁의 곁으로 가고 싶은 저녁에 대해 생각한다

겨울 곁의 겨울
그 외로움에 대해서도
겨울 곁을 지키는 끝내 따스한 밤에 대해서도

消

"사람이 등장하지 않는 시를 쓰고 싶어."
너는 말하고 나는 들었다
(내가 말하고 네가 들었을 수도 있다)

쓰는 자마저 사람이 아니려면 어찌해야 하는지
그때도 시는 시인지
묻지 않았다

밤의 숲에 시들이 이미 많다는 것을 알면서도

나는 머뭇거린다

路

벌거벗는 중인 11월의 나무들

낱낱 한 그루의 聖所
밤의 나무들에게로 가 무릎 꿇는다

[몸]이라 부르는 단어가 닿을 수 있는 가장 고귀한 몸의 느낌
이미 이룬 것에 집착이 없는 자유

물과 흙보다 바람의 냄새에 가까운
그 모든 것보다 돌의 냄새에 가까운
(더 가깝긴 해도 다른 것이 없는 것은 아닌,
모두 안고 한 발 더 나아가는)

겨울로 가는 나무들이 풍기는 몸냄새가 밤의 살빛 속에 가득하다

한 몸에 공존하는
생명과 비생명의 팽팽한 대결

이런 것이 온몸이다

觀

12월에 첫 고드름이 얼었다
말할 것이 있어서 고드름이 된다고 믿던 유년이 내 속에 아직 있다
봄이 되면 흐르는 고드름 밑에서 말들을 모으느라 환장하던
얼었다 녹는 것들을 바라보다 눈멀어도 좋을 것 같던

지는 해와 떠오르는 달이 함께 있는 저녁에
첫 선율이 시작되었다

달과 해를 한 눈씩 가진 신비로운 얼굴이 지상을 본다

광대역의 오드아이—
윤곽이 없어서 모든 걸 품는 얼굴로
경계선이 없어서 끝없이 깊은 두 눈으로

괜찮다,
보고 있다

(이와 같이 나는 들었네)

나 자신에게 정직하면 된다
그것이 자유의 첫걸음

꽝꽝 언 나들에게 안녕을 전한다

音

누군가 세계의 틈을 벌리고 노래를 흘려 넣는 한

밤중이다
　미음 같은 빛이 검다 푸르다 이윽고 희다
　당신이 있는 풍경이 나를 잠시 떠올렸다는 걸 느
낀다
　이 느낌이 나의 노래다

蕭

오라, 나는 격렬히 고요해질 것이다

梆

당신이라는 나무 물고기
뜨거운 등지느러미를 두드리는 밤의 손가락

닳고 해진 비늘을 솎아낸 자리에 오목하게 뿌려진

빛의

씨앗들

바람 이는 모든 방향에 당신이 있다

* 금붕어와 알리의 샘은 이란 영화 「택시」의 변용. 반정권 영화를 만들었다는 이유로 2010년 구속 수감되었던 감독 자파르 파나히는 20년간 영화 연출과 해외 출국 금지, 언론과의 인터뷰 금지라는 중형을 받았다.

2부

허공

수천수만 번의 벼락도
나를 멍들게 할 수 없다

비어 있으므로

나는 자유

상냥한 지옥

너와 너가 모여 너를 만든다
너와 너와 너가 모여 나를 만든다
못과 나무와 입김이 모여 책상을 만든다
햇살과 고양이 등뼈가 낮잠의 폭포를 만든다
이슬과 우렁이가 별의 밥을 만든다
공포와 갈망이 할 일 많은 신을 만든다
너와 너와 너가 만나면 너와 다른 너가 된다
별 하나에 너와 별 하나에 너처럼 끊임없이 다른 너가 된다
너와 너는 나를 합성하고
나와 나는 너를 합성한다
너는 나에 의존해 너가 되고 나는 너에 의존해 내가 된다
어제는 죽음에 의존해 오늘의 붉고 투명한 꽃술이 된다
마그마는 중력에 의존해 지구의 심장이 된다
눈물은 웃음에 의존해 낡았으나 해맑은 아침이 되고

즐거운 합성의 고요한 훌쩍임
반짝이는 새들의 웃음
모든 것이 영원한 천국은 얼마나 지루하겠니
불변이 없으므로
붙들릴 게 없다
소유할 게 없으므로
자유다 안녕!
마지막이란 없다는 것
심지어 나의 죽음 앞에서도
고마워 내 상냥한 지옥, 오늘도 안녕히

빗방울 밥상

빗방울 밥을 지었어요

어떤 빗방울은 아직 설익고
어떤 빗방울은 너무 푹 익고
어떤 빗방울은 끈기가 너무 없고
어떤 빗방울은 악착같이 달라붙죠

그런대로 섞여서 밥 한 고봉이 되면
밥이라 할 수 없던 것이
밥이 되는 세월도 오죠

저마다 다르게 몸에 묻혀온
빗방울들의 냄새를
밥냄새라 생각하게 되기까지
그리 오랜 시간이 걸리진 않죠

가끔 천둥 번개 우르릉대는 밤이 오지만
그런 날은 3백 날 중에 한 스무 날

깨지고 금 간 빗방울의 얼굴이 보여
식욕이 사라지기도 하지만

곧 증발해버리는 빗방울 밥알 때문에
허기가 깊어지기도 하지만

오늘도 빗방울 밥을 지어요
내 관심은 밥보다 밥냄새니까

천도복숭아의 시간

본래는 털복숭아만 복숭아였대
어느 날 돌연변이가 출현한 게야
운석이 쏟아진 뒤였거나 마그마가 무섭게 끓었거나 사랑을 잃었거나 얻었거나

한 그릇 공기의 결이 살짝 변했고
살짝 변한 한 겹의 마음을 간수하느라
지구적으로 몸살을 앓고 난 게야
사소해도 시작이란 그런 것
빛깔의 분화란 그런 거니까
말러의 짙은 보랏빛과 모차르트의 맑은 보랏빛 사이처럼
무한하다 해도 좋을 광대한 보랏빛의 소소한 지평처럼
다른 겹의 보랏빛을 몸에 묻히고
천도복숭아가 덜컥
돌연한 사소함으로
사소한 위대함으로

나타난 게야, 털복숭아보다 강한 야생의 향기를
뿜으며

운구할 사랑을 찾아 천도복숭아나무 밑으로
보랏빛 안개가 몰려온다 이 사랑을 떠메고 저 사
랑을 향해 길을 내며
헐어 있는 공기의 결들에 새살연고를 바르듯
끈끈한 밀도로 보랏빛이 오는 새벽
너와 나를 담은 명랑한 관이 복숭아 씨앗 속에 착
상된다

om 2:00의 고양이 핑크

구두 상자에 들어가 잠자는 고양이 (감싸줄 발등을 미리 아는 것처럼)

택배 상자에 들어가 꿈꾸는 고양이 (무너진 성에 막 도착한 아치형 다락처럼)

세면대 속에 들어가 둥글게 몸을 말고 싱긋 웃는 고양이 (장자 혹은 당당히 빌어먹는 디오게네스풍으로)

고양이가 탐하는 조그만 집에 대해 생각해.

몸 하나만 딱 간수하는 조그만 집 속의 고양이 잠을 생각해.

노랑 나비잠 쪽으로 꼬리 끝을 살짝 걸친 듯한 고양이식 낙관에 대해

여러 마리가 한배에서 자랐어도 완벽하게 홀로 사랑받고 있다는 듯

품고 있는 자의 품에 온전하게 품길 줄 아는 재능에 대해 생각해.

세기 초를 걷는 듯한 고양이 걸음의 도도함에 대해

사람의 품에 안겨 있는 순간에도 혼자일 수 있는 능력에 대해 생각해.

오늘 내 발바닥은 고양이 핑크를 꾹꾹 학습하네.
슬퍼도 무기력해지지 않는 고양이 핑크
기뻐도 교만하지 않는 고양이 핑크
조그만 비닐봉지에 들어가 사색하는 고양이 (다디단 얼굴로)
이 세계의 꿈을 저 세계의 현실로 배달하는 중인 듯한
고양이 핑크엔 유리천장*이 없지.
어리둥절한 얼굴로 고양이에게 살해당하는 고양이는 없네.

* 유리천장: 성별, 인종, 장애 등을 이유로 능력을 갖춘 사람의 고위직 승진을 막는 조직 내 보이지 않는 장벽을 비유적으로 이르는 용어.

질문들, om의 여름풀밭

여름쑥 향을 맡고 싶은 날이 지나 네가 온다
심심한 나물 냄새 배어 있는 공기와 저녁놀
고요하고 격렬한 허기가 들이닥칠 때
알게 된다, 향으로 어떤 풍경을 기억한다는 것은
일테면 입덧이 시작되는 징조임을

엷은 몽유의 밤들 끝에 네가 날아왔고
내 배 위에 붙어 깜빡거렸다 최선을 다한 빛의 타전
메말랐던 눈물에서 여름쑥 향이 풍기기 시작한 그날 이후

무엇인가로 다시 태어나려고
나의 태중에 들어온 너를 위해
내 온몸이 바뀌기 시작했다

몸의 중심을 너에게 내준 채 생각했다 ;
아침이 오고 내가 눈떴을 때
한 마리 벌레로 변해 있어도 놀라지 않으리라

기우뚱한 노을의 둥근 들판을 지나온 너는
기우뚱해서 아름다워진 별이로구나
비스듬히 놓인 들판과 주름이 많은 시냇물과 둥글게 휘어 퍼지는 풀 내음을 향해
가녀린 더듬이를 뻗는 나를 누군가 만지기 직전 같은
오, 나는 더듬이를 사랑해

아침이 오면
내가 벌레 한 마리가 된 것을 슬퍼하는 사람들에게
묻겠지 나는, 침대 끝에 한 점으로 앉아서 ;
"내가 벌레 한 마리인 것이 왜 슬픈가?"
(슬퍼하는 이들 속에 섞여 슬퍼하는 척하며 다만 소문을 옮기는 이들에게도 똑같이 물을 것이다)
"반딧불이 한 마리처럼 나는 왔다 갈 것이다,라고 언젠가 나는 쓴 적 있고 당신들은 그 문장 앞에서 고개를 끄덕이지 않았나. 그런데 왜?"

세상 모든 반딧불이들이 자신의 중심에 지닌 불빛,
그 여릿한 불의 향내……
그걸 나는 사랑해
불의 향을 묻힌 채 너에게 가 닿는 더듬이를 사랑해

조그맣게 반짝이고 조그맣게 손잡고 조그맣게 사랑하며
조그마한 반짝임들이 조그마한 수많은 다른 은하를 이루는
무수한 여름풀꽃들의 냄새

나는 여름풀밭에 앉아 너에게 묻네 ;
"아무것도 해치지 않고 심지어 집조차 가지지 않고
나비 한 마리 반딧불이 한 마리처럼 살다 가는 것이 도대체 왜 슬픈가?"

(비교격은 쓰지 말고 대답해줘

om의 여름풀밭, 이곳의 유일한 규칙은 비교격의 추방이야)

걸식이 어때서?

세상에 걸식 아닌 밥이 어디 있니?
본래 자기 것이 없는데
서로 걸식하는 거지

형편 되는 대로 빌어먹고 빌어 먹이고
오늘 내 무릎에 네가 기대고
언젠가 올 오늘엔 네 무릎에 내가 기대고

내 것을 준다는 의식 없이
그저 우린 서로를 빌려주며
먹고 먹이는 거지

걸식하고 남긴 시간에 무얼 하냐고?
열렬히 노동해야지
영혼을 다듬는 거야

om의 문답 B형

너는 궁금한 얼굴을 가졌다
궁금할 때까지
궁금한
눈코입 너머
상처투성이 손발에서 꽃눈과 실뿌리와 유리창이 자라고
무덤과 자궁이 구시렁거리며 끊임없이 연애 중인
궁금한 너를
나는 사랑하는 중이다

아직 네가 궁금한 푸른 안개의 날에
미리 적어두는 묘비에 이렇게 쓸 것이다

"나는 늘 인생을 궁금해했다.
궁금하지 않을 때 나는 떠났다.
내가 자유인 이유는
정직하기 때문이다."

그런데 너는, 내가 궁금하니?

om 4:00, 사랑이 변하는 게 어때서?

이 순간이 전부인 게 어때서?
딱 한 철 사랑하다 다음 철에 식을지라도
지금 전부인 마음으로 당신을 부르고
당신이 굴피나무 우듬지에서 응답해온다면!

지나고 나면 사람들은 의심한다
그것이 사랑이었을까,라고
마치 그림자가 썩는 냄새를 맡으려는 것처럼
킁킁거리며 집요하게
무결점의 진짜 사랑은 어디 먼 무균실에 특별보존되어 있기라도 하다는 듯

이 순간이 전부인 게 어때서?
사랑이 변하는 게 어때서?
지금 이렇게 전부 주고 싶은데
내 전부를 주어 당신을 활짝 꽃피우고 싶은데
사랑이 아니라면 뭐겠어?

om 4:00 굴피나무 우듬지에서 새는

간곡,

간곡간곡,

간곡간곡간곡,

om 3:00, 미루나무 그늘에서 천사를 죽였다

천사를 기다린다고 그애가 말했다.
맑고 소슬한
나는 그 눈이 슬펐지만 들키지 않았다.
그애가 내 뺨을 쓰다듬었다.
당신은 천사예요.
나는 뒤돌아선 채였으나
목이 아팠다.

천사를 발명한 이들은 숨기고 싶을 것이다. 천사는 명령에 복종할 때만 천사라는 것을.

여기에 깊고 넓은 호수가 있단다.
죽이고 싶은 게 어느 쪽인지 알겠니?
꿈꿔도 된단다, 천사로 존재하기 위한 안전장치를
제 손으로 푸는 천사들의 나라를.

천사를 지우고
마당을 쓸며

오늘의 노래를 부르는 보드라운 칼날,
죽기 전까지 동나지 않을 따뜻한 푸른 피 주머니,
잉크는 충분하니 빗자루만 있으면 된단다.

눈물 많은 미루나무,
메마른 그림자가 우리들의 천사원 마당가에 닿는다.

가도 가도 끝나지 않을 듯한 오후의 검은 호숫가,
간혹 물이 넘쳤고 금세 본래 수면으로 돌아왔다.

CATACOMB SEOUL

이곳에서 내가 대면해야 하는 가장 불편한 존재는 나입니다.

나를 착취하는 나를 견뎌야 한다는 거.

자유롭게 나를 착취하라고
내 손에 쥐여준 유리채찍을 들고
나를 때리는 나 말입니다.

끊임없이. 끊임없이. 끊임없이.

(에코)

내가 당신을 껴안으려면
당신은 내가 아니어야 합니다.

봄의 이름을 찾지 못하고 있다

믿기지 않았다. 사고 소식이 들려온 그 아침만 해도
구조될 줄 알았다. 어디 먼 망망한 대양도 아니고
여기는 코앞의 우리 바다.
어리고 푸른 봄들이 눈앞에서 차갑게 식어가는 동안
생명을 보듬을 진심도 능력도 없는 자들이
사방에서 자동인형처럼 말한다.
가만히 있으라, 시키는 대로 해라, 지시를 기다려라.

가만히 기다린 봄이 얼어붙은 시신으로 올라오고 있다.
욕되고 부끄럽다, 이 참담한 땅의 어른이라는 것이.
만족을 모르는 자본과 가식에 찌든 권력,
가슴의 소리를 듣지 못하는 오만과 무능이 참혹하다.
미안하다, 반성 없이 미쳐가는 얼음 나라,
너희가 못 쉬는 숨을 여기서 쉰다.
너희가 못 먹는 밥을 여기서 먹는다.

환멸과 분노 사이에서 울음이 터지다가
길 잃은 울음을 그러모아 다시 생각한다.
기억하겠다, 너희가 못 피운 꽃을.
잊지 않겠다, 이 욕됨과 슬픔을.
환멸에 기울어 무능한 땅을 냉담하기엔
이 땅에서 살아남은 어른들의 죄가 너무 크다.
너희에게 갚아야 할 숙제가 너무 많다.

마지막까지 너희는 이 땅의 어른들을 향해
사랑한다, 사랑한다고 말한다.
차갑게 식은 봄을 안고 잿더미가 된 가슴으로 운다.
잠들지 마라, 부디 친구들과 손잡고 있어라.
살아 있어라, 산 자들이 숙제를 다할 때까지.

지옥에서 보낸 두 철

보았네

보았으나

아무것도 할 수 없었던

보다,의 지옥

인간의 땅

그해 봄 처음으로 神을 불렀다 1

그 아이가 겨우겨우 당신을 이해할 때라도
심지어 당신에 대해 냉담할 때라도
당신은 끝내 그 아이를 이해해야 하는 존재라고

그 아이가 겨우겨우 당신을 사랑하거나
심지어 당신을 미워할 때조차
당신은 끝내 그 아이를 사랑해야 한다고

그것이 신의 존재 이유라고 나는 소리쳤다

세상에 대해 아무런 죄 없는 그 아이를 살려내라고
이레 전 당신을 부른 내 목소리가 지금 나에게 닿는다
찢기며 금이 간 나의 내부가
수습할 수 없이 깨져버린 거울처럼 조용하다

불씨 한 줌을 꼭 쥐고 바닷속으로 내려갔다
차마 입을 열 수 없는 슬픈 노래가

바다거품처럼 떠돌았다
차가운 배 안에 불을 묻었다

이레 동안 당신을 불렀고
이레 후 당신을 떠나보냈다

불모의 신을 호명해 눈물이 바닥날 때까지 울다가
면죄부를 쥐여주고 돌려보낸 후
너덜너덜해진 그해 봄이 기울기 시작했다

차갑게 언 아이들이 물속으로부터 떠올랐다

지옥에서 보낸 세 철

그렇습니까?

나는 있습니까?

나는 무엇입니까?

혹시 나는
나에 대한 습관 아닙니까?

그해 봄 처음으로 神을 불렀다 2

흐린 펜으로 봄의 목록을 적어갑니다
지금 이곳에서 내가 할 수 있는 일 :

기운을 차릴 것
기억할 것
노트를 마련할 것
증언할 것
눈앞의 아이들을 위해 작은 풀잎 창이라도 매일
닦을 것

언제나 인간으로부터 면죄부를 받아온 신이
먼 데서 부끄럽고 슬픈 얼굴로 입을 열었다 :

면죄부를 주어서는 안 되는 곳을 잊지 마라

면죄부를 받은 값으로 그가 우리에게 할 수 있는
최선의 말씀이었다

낮은 땅이 몸을 떨며 눈물을 받았다

풍찬노숙의 序

나의 가슴에 품은 하늘에 너라는 새를 묻었다.

내가 죽지 않는 한 너는 하늘을 잃어버리지 않을 것이다.

21세기도시조경사소년의 고해성사

열두 달의 탄생화를 재 항아리 앞에 꽂아둡니다
식어가는 흐린 햇빛의 향내……

죽음이라는 관용,이라고 그는 썼습니다
관용이라는 위로,라고 그는 썼습니다
어젯밤 자살한 그는 이 도시에서 나를 알아본 유일한 재 한 줌
나는 그의 유고 시집을 오래전부터 지녀왔습니다
스무 살이 되기 전 유고 시집을 낸
그가 살던 옥탑방 앞에서
시인의 죽음은 위로,라고 나는 씁니다
재 항아리 속에서 나는 매일 있고 매일 사라집니다
덕분에 나는 갓 쪄낸 노란 재처럼 따스합니다

전쟁의 언어이므로 고해성사는 아름다워야 한단다,
라고 나는 어머니에게서 배웠습니다 마리아,
포옹할 두 팔과 자궁을 잃어버린 쓸쓸한 내 어머니에게서

영원한 게 없으니 다행이지 않은가,라고
우아하게 질문하는 법은 아버지에게서
머리와 심장을 모두 잃어버린 형제들에게선
한 줌 뇌수의 질척한 슬픔 한 송이 심장의 창백한 하품,
우리라고 쓸 수 없지만 우리이고 싶은 가족을 위해
오늘도 나는 재항아리에 손을 얹고 경건히 무릎을 꿇습니다

달빛에서 푸른 잉크 냄새를 맡는 밤입니다
피로 써라, 멸망의 페이지를 펼친 채 나는 가위질을 계속합니다
그렇습니다, 나는 전쟁 중입니다
따스하고 거대한 먼지 공장의 가로수길 청소차 위에서

어
쩌
지
아름다워야 하는데
재
한
송
이
뿐

초승달의 시간 그 바닷가 숲에서

—2014 축 성탄의 밤

엄마, 불이 울어.
이 불을 어떻게 끄지? 엄마, 응?
불붙은 이 치마를 어떻게 찢어버리지?

밤의 귓속에서 자란 달이
귀로 들어오는 모든 소리를 찌른다

초승달,
처음 태어난 것들은 자주 서럽다
사랑해,라는 말조차 심지어 서럽다

엄마, 이 물을 어떻게 다 마시지? 엄마, 응? 가라앉는데……

있다, 있다, 있다, 당신이, 있었다
죽었다가 부활하기 시작한
사랑,
다시 죽을

사랑,

다시 태어날 당신이

있다, 있다, 있다, 있어야 한다

*

봉분한 말들에서 언제쯤 싹이 틀까

버려진 말을 묻기엔 오래 산 나무 밑이 좋아

충분히 늙어 헐거워진 가지 아래로

그늘 바깥의 그늘인 듯 그늘 속의 빛인 듯

고단한 먼 길 끝의 고두밥 냄새 같은

스며오는 엷은 빛의 울먹임 같은

여기에 그 말들을 묻었다

*

고독하게 죽을 것을 알고 있는 누군가

가난하고 아픈 사람들 곁에

가난하고 아픈 사람으로 태어나는
의연한 슬픔

내가 버린 말을 쓰다듬으며 당신이 글썽인다

*

다시 태어나려는 말들의 뒤척임
있다,
있다,
있다,
뒤척이는 몸들이
있는 한

사랑해,라고 말해도 괜찮다
괜찮다,라고 말해도 괜찮다

(라고 쓴다, 기어코 쓴다)

화살기도

얼마나 다급히 너에게 가 닿고 싶으면
화살 같다고 못하고
기도가 화살이라고 쓰는가.

내 기도는 화살.
네가 맞을지도 모르는 화살을 쫓아가
쪼개려는.
너를 꼭 껴안고 내 등을 내주어
먼저 화살을 맞으려는.

기도는 영영 좋은 말이지만
연명치료 중인 신에게 너의 안녕을 위탁하는 건 점점 위험한 일.
2천 살이나 잡수신 노쇠한 신은 이제 그만 쉬게 하자.

네가 아프면 내가 가리.
기도 말고
몸으로 가리.

피자두

그러나 나는 여기서 글썽거리며

핏물 든다

응응
기쁘다

곧 네 손에 쥐여줄

피자두 몇 편

풍찬노숙의 終

내 무덤은 당신의 가슴속

당신이 죽는 날
나는 지상에서 완전히 사라진다

처음처럼

om의 물거울, 곡비, 혹은 태양풍의 노래

거울이여, 나는 많은 짐승을 죽였어요 내가 죽인 짐승의 피로 아름답고 힘센 나의 짐승을 키우고 싶었어요 그런데 당신은 당신을 던져주며 살았군요 먹어라, 이것은 내 살이니

상가에 다녀오는 길이었다 자운영 가득 핀 남도 들판을 지나올 때 문득 차를 세웠다 겨울 통과해 봄물 들어찬 구불구불한 논들, 반짝이는 나지막한 논물의 수평 속에 저마다의 이랑이 끌어안은 무릎의 심연……

삶이라는 짐승이 꿈틀거렸어요 물거울 속으로 걸어 들어갔지요 당신의 등뼈에 내 등뼈를 붙이고 잠들었습니다 잠시, 아주 오래인 듯

너무 깊지도 얕지도 않은 잠은 빛과 소리의 협곡이었다

보십시오, 지구의 21세기는 세기 초부터 세기 말

이었습니다

거대한 절벽바위에 붙어 상형문자를 새기던 누군가 물었다

"이걸 본 적 있나?"

얼굴 없는 바람인간, 그가 새겨놓은 것은 人과 門이었다

기대어 산다는 것의 의미를 나는 아는가 나를 낳은 문을 나는 아는가

두 글자 모두 어둠을 산파로 가진 형상이었으므로

나는 안심했고 동시에 절망했으며 새로이 절망할 수 있다는 사실에 다시 희망을 품었다

지상의 모든 문들은 벽입니다만

시인을 천직이라 여긴 탓에 나는 절벽바위의 人과 門을 탁본 떠 품에 안고 고갯길을 오르기 시작했다

오를수록 고갯길은 꺼져갔으나

"더 이상 바람을 만들지 않을 때 태양은 사멸한다오."

오한이 시작되는 내 잠의 바깥 잠을 누군가 두드

렸다
다급히 문을 두드리는 별들 중에 처음 본 별은 단 하나도 없었다

물거울, 태양, 아지랑이

나를 벗어 이 새에게 입혀줘도 되나요?
—두 손에 자그마한 검은 새 한 마리를 받쳐 들고 당신이 나를 바라본다
오랫동안 잠들어 있는 나의 새를 깨우러 가야겠어요

잠에서 걸어 나오며 나는 고개를 끄덕였던 것 같다
물거울이 떠가는 하늘이 보였다
등에 붙은 자운영 풀잎 몇 개를 뜯어내어 물거울에 던졌다
봄이었고, 문득 나는 이런 노래를 부르기 시작했다

물 위에서 피는 꽃들은 물 밑 잠을 자요…… 땅 위에서 피는 꽃들은 땅 밑 잠을 자요…… 땅속에서 피는 꽃들은 씨앗 잠을 자요…… 그러니 삽시다…… 살아야 전투를 마저 치르지요…… 물에서 피는 꽃들은…… 땅 위에서 피는 꽃들은…… 땅속에서 피는 꽃들은……

3부

아픈 잠은 어떻게 야크 뿔 속으로 들어갔나

그해 겨울은 기침이 심했다. 부르튼 목젖 밑에서 각질 인 태양이 자주 빈혈을 앓고 야크 뿔 사이에서 울려 나오는 풍경 소리에 나는 자주 오줌을 지렸다. 헐거워진 겨울이 말했다. 아픈 잠이 오는 곳은 어디인가. 손가락 끝에서 빛이 쇠하며 겨울 물빛이 흐릿했다. 다리가 긴 소금쟁이처럼 칼날과 칼자루 사이를 둥글게 건너는 중이었다.

먼 아침을 가로질러 맨발의 순례자가 돌아왔다. 여전히 동냥 그릇이 빈 채였다. 강물에 나를 놓아주며 그가 말했다. 몸속에 감춘 너의 다리로 물을 딛어라. 강을 건너면 배를 버려야지, 길을 간 후엔 길을 버려야지.

푸른 우박이 쏟아진 밤의 황량한 벌판이었다. 깊은 밤을 쪼개며 극지처럼 칼끝이 가리킨 곳에 너의 뿔이 있었다. 존재가 본래 그렇듯 그곳엔 뿔밖에 없었으므로 너의 뿔 속으로 나는 몸을 들이밀었다. 뿔

이 커진 것도 내가 작아진 것도 아니라야 나는 너의 속으로 들어갈 수 있지.

뿔 속에서 사랑이라는 말을 들었다. 분명했고 충분했다. 내 노래는 뿔 끝에서 연기처럼 사라졌다. 뿔 밖의 내가 뿔 안의 내 노래를 들었는지 확인할 수 없지만 천년 후에도 나는 여전히 노래 부르고 있을 것이고 여전히 너를 찾는 자로 마지막에 이를 것이고 시간의 그늘이 외뿔로 깊은 거기로부터 아픈 잠은 다시 시작될 것이었다.

음, 파, 음, 파 om의 수영장

정확한 분절음으로
숨쉬기 요령을 가르치는 수영 강사의 입술에
붉은 체리를 물려주고파
체리 값으로 초록빛 도마뱀을 내놓으라 하고파
음, 파, 음, 파,
들숨과 날숨이 서로를 꽉 깨문 채
음— 참고
파— 깨뜨려라
음— 견디고
파— 깨뜨려라
매번 깨지며 깨뜨리며 나아갈 수밖에 없는 게
인생이라는 듯 으음, 파, 음, 파하
음— 그대의 다음 시간인 나
파— 나의 다음 시간인 그대
깨고 깨뜨리고 깨고 깨뜨리고
자꾸 끊기는 꼬리를 입에 꼭 문 채
도마뱀 초록이 수면을 뱅뱅 돌며
음, 파, 음, 파

詩의 죽음을 애도하는 이유

'나'를 읽을 때 '나들'이라고 자주 독해한다
1인칭 복수형이지만 '우리'와 다른,
'나들'이라 이해할 수밖에 없는 '나'를 읽는다 ;

우는 소녀여 네 눈물 때문에 내 두 눈이 빠질 듯 아프다
나는 울고 싶지 않았으나 허름한 여인숙구름처럼 물방울뼛조각을 떨구고 말았다
네 슬픔 때문에 목젖이 부은 오늘의 나는 밥을 삼키고 싶은 나와 삼킬 수 없는 내가 샴 자매처럼 붙어 있다 갈팡질팡하는 '나들'—

점거당한 심장 단호한 물질의 말이 우리를 먹어치울 때
시인과 어린아이의 마음을 가진 이들만이 아픔에 순진하게 공명한다
누군가 아파서 내가 아프다고 느끼는
이것은 第七感,

인류의 진화가 아름다워진 숨은 이유

지상에서 더 이상 시가 읽히지 않을 때
'너'의 아픔에 덩달아 아픈 '나들'은 합리적으로 사라지고
'나'이거나 '너'인 세상만 질서 있게 퇴화하여 남을 것이니
이것이 내가 시의 죽음을 애도하는 첫번째 이유

非인간

“사람이 아니라고 생각했습니다. 그래서 버렸어요.”
“사람이 아니면 버려도 됩니까?”
“사람이 아니잖아요.”
“키우던 개를 버릴 수 있다는 건 사람도 그렇게 버릴 수 있다는 거겠죠.”
“개는 개고 사람은 사람입니다.”

“사람이 아니라고 생각했습니다. 그래서 죽였어요.”
“사람이 아니면 죽여도 됩니까?”
“사람이 아니잖아요.”
“키우던 개를 죽여버릴 수 있다는 건 사람도 그렇게 죽일 수 있다는 거겠죠.”
“개는 개고 사람은 사람이라 하지 않았습니까!”

사람이 아니면 죽여도 된다고 생각하는 사람의
마음을 쓰다듬을 수 있는 누군가 있다면 그것은
사람이 아닌 존재들—
보드라운 흙의 감촉 산들바람과 풀잎들 미루나무

의 반짝임 숲의 향기 푸른 하늘 돌의 온기 뭉게구름
끝없는 바다 따스한 햇살 개나 고양이의 두툼한 앞
발 같은

인간이 의식주 모든 것을 기대고 사는 非인간

시인 것

어느 새벽 시를 두 편 썼다 "이게 시가 되는가?" 한 사흘 골똘히 들여다보다 한 편은 골라 들고 한 편은 버렸다

시가 되겠다 판단한 시 한 편, 한 문장 한 구절 한 글자씩 뜯어보며 한 이틀 매만지다 벼락, 회의가 든다 "대체 시란 무엇인가?"

시가 시에 갇혀버린 느낌 '시가 된다'는 느낌이 다시 감옥이 되어버린 느낌 시가, '시가 된다'는 느낌을 깨고 나올 때까지 나는 아직 기다려야 한다

시가 아니려고 하는데 결국 시인 것 시를 벗어나려고 하는데 끝내 시인 것 파닥파닥한 시의 지느러미에 경계와 심부를 동시에 베인 듯한 여기를 베고 저리로 이미 흘러가는

그런 시를 기다린다 영원을 부정하자 사랑이 오듯이 영원을 부정해야 사랑 비슷한 것이라도 오듯이

나들의 안녕

먹는다는 것—
세상에서 제일 무서운 일

살아 있는 것을 죽여야 한다는 것
죽여서 살게 하는 것

먹는다는 것—
세상에서 제일 고마운 일

하느님을 죽여서 하느님을 살게 하는 것
부처님을 죽여서 부처님을 살게 하는 것

먹는다는 것—
사랑을 지속할 힘을 만드는 일

고맙고 두려운,
나들을 만나는 일

시인

풀 비린내가 미음 냄새처럼 떠돈다 마녀들의 화형식
통제구역 안쪽에서 베어진 풀 비린내가 끈질기게
바깥쪽으로 넘쳐 흐른다 풀의 피, 냄새……

욕된 안녕,이라고 달력의 첫 장에 쓴다
사흘 전 형장에서 사라진 마녀의 유품이 벌써 시장에 나왔다는 소문을 듣는다

가난뱅이 시인이 연설을 시작한다 ;
아뇨, 그래요, 시는 거창한 건 못 합니다. 세상? 못 바꿉니다. 네, 망해가죠. 시는 망해갑니다…… 세상처럼…… (조용하다)…… 다만…… 세상이 망해가는 속도를 한두 발짝쯤…… 한 발짝쯤은…… 뒤로 당겨 늦출 수 있지 않을까…… 그냥 그렇다고요…… 미안합니다…… 그래도…… 세상이 아주 망하기 전까지…… 시가 사라지는 일은 없을 거예요…… 빌어먹을, 세상보다, 먼저…… (조용하다)…… 그러

니까 제 말은…… 단 한 편의 시도 읽히지 않는 때가 오면, 그때가 최후의 날이 될 거란 얘깁니다, 그냥…… 한 발짝쯤 뒤에서…… 등을 껴안은 채…… 내가 누구인지…… 깜빡깜빡…… 깜 빡 깜 빡…… 계속 물을 테니까…… 아직 멸망은 아니니…… 괜찮습니다…… (조용하다)…… 괜찮은가요…… (조용하다, 격렬하게)

풀 비린내가 시인의 맨발을 덮는다
화형대에 밑불이 붙여진다

냇가로

툭,

툭,

툭,

빗방울 지는 소리

너는 어디 있니

수몰지의 방죽 길

베어지고 없는 나무들 가운데

살아남은 소나무 한 그루

맨 아래 휜 가지 위에

은빛 늑대의 눈빛

이 많은 빗방울 중에

저 하나의 빗방울이

쿵,

쿵,

쿵,

천년 동안이라도 두드려 방죽에 구멍을 내겠다는
듯이

천년 후엔 인간은 없을 텐데

그럼에도 불구하고

네가 온다

탕,

탕,

탕,

무수한 빗방울 중

단 하나인

은빛 늑대의 빗방울이

희끗 몸을 돌리며

자기 몸이 바닥에 부딪치며 내는 파열음에 귀 기울인다

쾅,
쾅,
쾅,

부서지며 냇가로
온전해지기 위해 냇가로

혁명의 조건

시간과 기억— 이것이 나.
기억이 지금의 나를 나이게 한다.

나는 나의 뮤즈.
돌은 돌의 뮤즈.
별은 별의 뮤즈.

우리는 모두 저마다의 뮤즈.

소비할 다른 뮤즈를 찾아 방랑하는 역사에서 혁명은 불가능하다.

날고자 하는 욕망을 퇴화시킨 지 오래인, 비슷하게 비대해진 도시비둘기들이 폴리스라인 밖에서 모이를 쪼고 있다.

벗이여, 지금 내가 궁금한 것은
이 광장의 이미지가 아니라 이 시간의 이미지라네.

그 광장, 사과 한 알이

청동동상 앞을 지나는 참이었어 동상의 긴 칼자루에 붉은 사과가 날아와 퍽, 터졌지 뭐야 우리는 식후 산책 중이었는데 퍽! 사과의 폭발이라 하자, 내가 먼저 웃음을 터뜨렸지 섬뜩해서, 사과 한 알이 통과해온 빛과 어둠의 날들이 전류처럼 손바닥을 훑고 심장에 감겼다고 할까 그 순간 폭탄 같은 사과의 뇌관이 생생했거든 하필 그 광장에서 사과를 베어 물다 울컥했을 어떤 손이, 격렬하게 퍽, 뜨거웠어, 사과 재배지의 북상 속도는 매년 빨라지는 중이라는데

"자전하는 사과 한 알의 굉음이 이번 세기의 저녁으로 가는 중이다." 시인답게 K가 수첩에 적었다.

"사과의 폭발을 기대하는 지구인들" 축제기획자답게 L이 말했다.

"무고하게 사람들이 매일 죽어가도 도무지 생생해지지 않는 도시에서 황폐해지며 끓고 있는 지구를 들어 어딘가로 투척할 시간의 손" 소설을 겸업하는 시인답게 K가 다시 적었다.

“기다리는 중인 걸까?” 백수를 겸업하는 축제기획자답게 L이 칼자루에 묻은 사과즙을 끈적하게 바라보았다.

“설혹 폭발을 기다린다 해도 기다린다고 하지 않고 염려한다고 말한다. 우아하게. 표준어와 흡사하지.” 심리학자답게 P가 첨언했다.

사과폭탄을 왼쪽 가슴에 묻은 사람들이 해 지는 쪽을 바라본다 뇌관에 연결된 안전핀을 혀 밑에 감춘 사람들, 불안해도 안부를 묻지 않는다 입을 여는 쪽이 먼저 폭발할 것이라는, 찌라시가 찌라시를 장악한 지 오래인 시절의 남루, 퍽, 우아하게, 퍽! 퍽!

변검

우리가 남이니?

자기 그림자를 뜯어내려는 소년을 끌어안으며 어른이 운다.

그럼 당신이 나예요? 남이지.

난폭하게 잡아 뜯는 소년의 그림자에서 핏물이 떨어질 것 같다.

우리가 어떻게 남이니?

어른의 울음소리가 더 커진다.

웃기시네. 나랑 같은 걸 느끼는 것도 아니면서 척하기는.

어른의 울음소리가 소년의 차가운 웃음에 덮인다.

그런 얘기가 아니잖니?

담장 아래 흰개미 굴이 가득했다. 담은 곧 무너질 텐데.

남인데 남 아니라고 우기면 맘 편해요? 그럼 그러시든가.

소년은 소년대로 사무친 것이 있고

어른은 어른대로 소년이 사무쳤다.

사무쳐서 봄이 왔고

사무쳐서 꽃이 피었다.

사무쳐 벌어진 것만 꽃이었다.

얼룩 같은

얼굴들이었다.

시집

벗지 않고 어떻게 너를 만나니?
벗지 않고 어떻게 나를 만지니?

누군지 모른 채 동침할 때도 있다
모르는 너인데…… 입가에 묻은 하얀 침 자국…… 젖었다가 마른 흔적이 문득 좋아서…… 아득히 오래 운 적이 있다

모르는 이와의 동침이 자주 일어나는 이런 몸,
상스럽고 성스러운
음란의 책

사랑

—앞선 순례자의 묘비에 이 시가 적혀 있는 것을 읽었으나 곧 잊어버렸다 이 부주의함이야말로 나의 원죄이니 기억하라 오늘 당도한 사랑의 순례자여

새장 속에 꽃을 기른 적 있지
새장 문을 열어두어도
꽃은 날아가지 않았네

새장 속에 심장을 기른 적 있지
새장 문을 닫아둔 날
심장이 날아갔네 꽃이 날아갔네

잠긴 새장 바닥엔
무거운 핏빛 깃털 몇 낱
마르지 않는 고통 몇 잎

두려워 새장을 짠 자여, 문 닫은 자여
스스로의 무지를 애도할 것

엄마가 엄마를 부르는 om의 한밤

"엄마, 나 좀 데려가지, 그만 쉬고 싶은데."
한밤중 정신 맑아진 팔순 엄마가 엄마를 부른다
엄마 곁에서 엄마 손을 꼭 잡고 응, 응,
등을 쓸어드린다 뒤척이는 육신의 힘겨운 숨결

이런 밤은 언젠가 내가 부를 엄마를 예습하는 시간
엄마가 부르는 엄마를 생각한다 ;
존재의 출발지에 대한 무한히 모호한 묘사로서의
엄마
일테면 형용사와 뒤섞인 동사로서의 엄마를

이때의 엄마란 다시 스탠바이 상태가 되는 것
삶이라는 숙제를 마친 자가 이윽고 자기를 해체
한 후
저마다 앳된 기척으로 돌아가는 旅路

있는 것도 없는 것도 아닌 평온한 상태로 스탠바
이……

보드랍고 寞寞하게…… 고요하고 自由하게……

응, 엄마, 방해하지 않을게.

풀꽃의 집에 대하여

이른 봄의 풀밭, 소소소소 소소소…… 작은 풀꽃들 들여다본다
흰 스카프 스친 데 풀물 드나든다 숨소리처럼……
풀밭에 엎드려 귀 기울이다 날 저무는 和平……
가장 나중까지 남은 햇살에 땅이 젖는다
풀물 든 스카프로 얼굴을 닦는다 드나들기 좋은 이명……
재재재재 재 재 재…… 온몸으로 말씀의 물결을 만들며 떠나는
풀꽃들의 행렬을 배웅한다
돌아올 것을 전제하지 않은 채
광야로
광야로
出家하는 봄의 꽃들
그들이 있던 자리는 그들의 집이었다
돌아오지 않아도 그 자리는 폐가가 되지 않는다
출가자들 행렬 앞에 노란 나비 한 마리 낮게 걸린 등불로 더불어 떠났다

바람의 옹이 위에 발 하나를 잃어버린
나비 한 마리로 앉아

봄꽃 그늘 아래 가늘게 눈 뜨고 있으면
내가 하찮게 느껴져서 좋아

먼지처럼 가볍고
물방울처럼 애틋해
비로소 몸이 영혼 같아
내 목소리가 엷어져가

이렇게 가벼운 필체를 남기고
문득 사라지는 것이니

참 좋은 날이야
내가 하찮게 느껴져서
참 근사한 날이야
인간이 하찮게 느껴져서

달걀 삶는 시간

(엄마는 반숙을 좋아한다) 냄비에 물을 채우고 달걀을 넣은 후 가스 불을 켠다 말갛게 쫄깃한 흰자 속의 노른자 목숨이 되려던 우주 (우리는 먹고 먹이고 먹힌다) 물이 끓기 시작하면 그때부터 7분 반숙의 최적 기술은 시간을 맞추는 일

물이 팔팔 끓는 순간부터 시계를 본다 1분이 지난다 놀라며 흔들리는 2분이 지난다 견디는 3분이 지난다 2분 전의 그 달걀이 아니다 다른 우주 회오리친다 4분이 지난다 1분 전의 그 세계가 아니다 엉기기 시작한다 인생처럼 5분 6분 7분이 지난다 가스불을 끈다 매 분마다 죽음을 통과해 매 분마다 달걀은 변한다 찬물에 집어넣는다 찬물 속에서 다시 5분

자주 내 이름을 잊는 팔순 엄마의 입속에 4등분한 달걀 반숙을 넣어드린다 (기억은 먹고 먹이고 먹힌다) 엄마가 웃는다 괜찮다 어떤 순간이 오더라도 변화해가는 것일 뿐이다 달걀도 엄마도 나도 정신도

마음도 존재한다면 신 역시 그러할 것이라고 그러니
있는 힘껏 잘 변해보자고 처음 보는 사람처럼 나를
향해 엄마가 웃는다

기원전후의 아침 산책

눈이 내리기 시작해서 너는 수영을 하러 갔다
눈 내리는 호수의 남쪽에서 북쪽으로

호수 속에서 너의 몸은 뜨거웠고
눈은 수면에 닿기 전에 녹아 사라졌다

덕분에 너는 노래를 하나 만들었다
동그란 눈물을 내놓기 직전의 가죽지갑 같은 얼굴로 너는 노래를 불렀다

내리는 눈의 덧없음을 사랑해요
사라져가는 것들의 쓸쓸함을 사랑해요

날이 풀리고 호수에 비가 내렸다
태어나 처음인 것처럼 호숫가에서 비를 맞았다
젖은 페이지를 넘기듯 너는 기원후의 아침을 펼치는 중이었다

책을 펼치기 전 나는 그 책을 다 읽었어요
책을 펼친 후 내가 읽은 것을 단숨에 훅 불어
빈 페이지에 활자를 가득 채워 넣었죠
그것을 '책'이라 부른 사람은 아주 한참 후에야 간신히 나타났죠

눈 쓰는 사람

그해 겨울 사흘 동안 그치지 않고 눈이 내렸다. 백 년 만의 대설이라 했다. 바다와 함께 눈 속에 파묻힐 것 같은 해변마을. 마침내 눈이 그쳤을 때 지상의 모든 소리를 흰 눈이 빨아들인 것 같았다.

—이렇게 날카로운 침묵은 처음 겪는군.

흰 눈벽이 된 창문 앞에서 두 손을 가슴 앞에 맞잡은 노인이 중얼거렸다.

언덕배기 고갯길 허름한 작은 집, 담장 높이에 펼쳐진 눈밭 위에서 노인이 햇빛을 가늠했다.

포클레인 덤프트럭을 동원해 눈을 쳐내느라 분주한 도심이 멀리 내려다보였으나, 노인은 태어나 처음 맞은 대설 위에서 하루에 한 겹씩만 고요히 눈을 쓸었다.

—이렇게 큰 눈이 오실 땐 전하고 싶은 게 있는 거지.

노인이 싸리비로 눈을 한 겹 쓸 때마다 쌀랑쌀랑

물 흘러가는 소리가 났다. 손과 손이 스치는 소리 같기도 했다. 하루의 비질을 멈추고 하늘을 올려다볼 때 노인의 두 귀가 함께 운 사람의 눈가처럼 붉었다.

눈 그치고 여러 날이 지나자 거무튀튀해진 눈덩이를 쳐내며 서로가 거무튀튀해지는 세상이었지만 언덕배기 골목 안쪽엔 큰 눈 속에 숨겨져온 하늘의 편지랄지 모르는 누군가의 눈물이 얼면서 새겨놓은 시구랄지 그런 문장들을 한 겹 한 겹 쓸면서 읽고 있는 가느다랗고 맑은 침묵이 있었다.

눈이 쓸릴 때 날아가는 눈가루에서 쌀랑쌀랑 싸리꽃 향기가 난다고 생각한 겨울이었다.

햇봄, 간빙기의 순진보살

이렇게 네가 온다
오지 않는다 해도 나는 너를 탓할 수 없으나

이렇게 네가 온다
더욱 간곡해진 마음으로
봄의 몸이

잊지 않고 줄기차게 온다
몇 번의 긴 빙하기를 제외하고
45억 년 동안

인간이 서식 가능한 지금의 간빙기가 얼마나 갈진 모르지만
고작 만 년 2만 년 앞에
영원을 떠올리는 허술하고 짠한 인간의 역사를 토닥거리며

허락된 간빙기가 끝나기도 전

서둘러 종말을 앞당기는 인간에 의해
뜨거워지는 지구에서
더럽혀지는 지구에서

네가 온다, 이렇게 봄이
봄의 몸이
고단해져 이제 그만 고스러진다 해도 탓하지 못할
너의 몸이

아기처럼 온다
늙고 낡은 시간을 햇살로 담뿍 채운 채
물오른 앳된 몸으로 오는
이 봄을 처음 같은 순진이라 하겠다
순진보살이라 하겠다

햇살이 오고 보살이 말한다 ;
영혼은 행위란다
몸이 없는 성자들을 믿지 말아라

말씀으로 아름다워진 세상은 없다
오른쪽 가지가 부러지면 왼쪽 가지를 내미는 몸
부르튼 맨발을 닦아주는 풀뿌리들의 몸
마주 보며 서로의 눈 속을 들여다보는 작은 새들
말간 눈물 속에 맺힌 영원을 오늘의 붉은 열매로
가져오는 빛
소소소소, 세상 가장 여릿한 소소한 몸들의
나지막하게 앳된 거기가 영혼의 기원이란다

햇살의 깃털을 흩뿌리며 공중을 지나는 너의 흔적,
이렇게 네가 온다
봄의 영혼은 눈물 많은 이 한 발자국
봄의 영원은 이 따스한 서러운 껴안음

가까운 아침

너는 날개 없이 내게로 뛰어든다

너의 비상의 방식으로
나는 너를 받는다 온몸으로
날아왔다고 할 수밖에 없는
가고 싶은 거리
뛰어들었다고 할 수밖에 없는
알몸의 무게

오늘의
태양

하루라는
짐승

고쳐 쓰는 묘비

태어날 때의 울음을 기억할 것

웃음은 울음 뒤에 배우는 것

축하한다 삶의 완성자여

장렬한 사랑의 노동자여

보칼리제, om 0:00

"영혼들끼리 부딪쳐 깨지는 사태는 하느님이라도 감당 못 하죠."

공기 속에 크고 작은 수많은 혈관들이 생긴다. 여러 옥타브를 넘나들며 흘러 드나드는 공기의 파동……

오늘의 밥그릇에 낯선 혈액이 가득합니다.

그날의 슬픔 때문에 나의 생이 길어졌어요.

그날은 다 다른 날.

당신의 그날은 당신 속에 있지요.

붉은 거울이 내걸린 하늘입니다. 거울 속에서 걸어 나온 미래의 바람이 둥글게 입을 열어 노래하네요. 뼈마디 어그러지는 소리들 공중에 가득합니다. 비정한 시간이 지은 집이란 걸 한눈에 알아볼 수 있는 몸이로군요.

내가 당신을 안을 수밖에 없는 이유입니다.

모든 곳에 있고 아무 곳에서나 열리지는 않는

뜨겁고 냉정한 ㅁ音의 세계

태어날 때와 죽을 때처럼

사람으로서의 생이 끝난 후 지수화풍으로 흩어져 우주를 오가는 당신을 느낀다. 응, 좋다 참 좋다. 슬렁슬렁 소요하는 당신의 발자국을 손 짚어 따라가며 이 시간이 지난다. 따스한 발자국에 닿는 차가운 내 손. 문득 당신이 돌아본다. 미안하다. 내 손이 아직 차갑다.

죽을 때와 되돌아올 때처럼

미천한 나의 유일한 자랑은 그럼에도 불구하고 거의 언제나 사랑하고 있다는 것. 모든 시는 진혼가이자 사랑의 노래임을 내가 아직 믿고 있다는 것.

인연 맞는 때가 오면 다시 만날 거예요. 사람으로건 사람 아닌 것으로건 숨결 있는 모든 세상 어느 작은 조각으로든 하아, 강가 모래 속 반짝이는 한 점

비늘 같은 당신을 나는 알아챌 겁니다. 가만히 당신 옆으로 가 한 손을 잡을 거예요. 그때 당신, 나를 알아보길. 왔군요…… 그래요……

무수히 얽힌 공기의 터널을 통과해온 구음들로 가득한 시간
어둠 속의 빛 속의
지금 이 순간 속의

花飛, 먼 후일

그날이 돌아올 때마다
그 나무 아래서
꽃잎을 묻어주는 너를 본다

지상의 마지막 날까지 너는 아름다울 것이다
네가 있는 풍경이 내가 살고 싶은 몸이니까

기운을 내라 그대여
만 평도 백 평도 단 한 뼘의 대지도 소속은 같다
삶이여
먼저 쓰는 묘비를 마저 써야지

잘 놀다 갔다
완전한 연소였다

'나들'의 사랑과 진혼

이광호

사랑에 관한 사유와 상상력이 '불가능성'을 향해 있다는 것은 이상한 일이 아니다. 사랑이 '나'와 '당신'이 같은 것이 되는 사건이라고 한다면, '나'라는 동일성이 '당신'이라는 차이성과 등치된다는 것은 불가능하다. 사랑의 보편적인 경험은 '타자(당신)'와의 넘어설 수 없는 '거리'이다. 그 거리는 공간적인 것이면서 동시에 시간적이다. 공간적인 거리가 신체의 '함께 있음'이라는 방식으로 해결될 가능성이 있다면, 시간적인 거리는 더 근본적이고 뼈아프다. '당신'과 '내'가 다른 시간에 있다는 것은, '함께 있음'을 불가능하게 하거나, 혹은 무의미하게 만든다. 사랑에 관한 노래들이 많은 경우, '지나간 사랑'과 '도래할 사랑'에 대해 말하고 있는 것은 그런 이유에서이다. 모든 사랑은 실패한 것이거나, 다가올 어떤 것이다. 시인이

'한 방울'의 사랑에 대해 말할 때 그 사랑은 어떤 것인가?

새벽에 일어나 오줌을 누다
한 방울
오줌 방울의 느낌

물은 빠져나가니까
몸에 갇히지 않으니까
어디서든 기어코 흐르니까

가두는 자가 아니라
흐르고 빠져나가는
저 역할이 마음에 든다…… 중얼거리며

물로 태어나리라
처음은 비

입술로 스며 그대 몸속
어루만져 속속들이 살린 후
마침내 그대를 빠져나가는

—「한 방울」 전문

새벽에 일어나 오줌을 누는 경험은 일상적인 신체 경

험이다. 그 경험에서 이 시의 주체는 몸에 대해, 몸에서 빠져나가는 것에 대해 의식하기 시작한다. 오줌 방울은 몸에 갇혀 있지 않고 빠져나갈 수 있는 물질, "어디서든 기어코 흐르"는 것이다. 몸은 물을 가둘 수 없고, 물은 "흐르고 빠져나가는/저 역할"을 존재 방식으로 지닌다. "물로 태어나리라"라는 선언은 주체의 존재 방식에 대한 선언이면서, 사랑에 대한 선언이다. "입술로 스며 그대 몸속/어루만져 속속들이 살린 후/마침내 그대를 빠져나가는" 존재는, '오줌 방울'로서의 사랑의 주체이다. 이 사랑의 주체는 '그대 몸을 통과하는' 존재로서 사랑의 불가능성을 '가능하게' 한다. 그대의 '몸'을 통과하는 방식으로 '함께 있음'을 경험하지만, 그대의 '몸속'을 어루만져 살린 후 "흐르고 빠져나가는" 방식으로 사랑을 실현한다. 여기서 사랑의 주체는 사랑의 불가능성을 다른 방식으로 '살아낸다'.

길 끝에 당도한 바람으로 머리채를 묶은 후
당신 무릎에 머리를 대고 처음처럼
눕겠네 꽃의 은하에 무수한 눈부처와
당신 눈동자 속 나의 눈부처를
눈 속에 모두 들여야지
하늘을 보아야지
당신을 보아야지

花, 飛, 花, 飛,
내 눈동자에 마지막 담는 풍경이
흩날리는 꽃 속의 당신이길 원해서
그때쯤이면 당신도 풍경이 되길 원하네

그날이 오면
내게 필요한 건
이름 붙이지 않은 꽃나무 한 그루와
당신뿐
당신뿐
대지여

—「花飛, 그날이 오면」 전문

'그날이 오면'이라는 가정법은 도래할 사랑을 둘러싼 간절한 바람을 드러낸다. 가정법의 시간은 소망의 장면을 향해 있다. '눈부처'라는 이미지는 그 소망의 풍경을 압축한다. '눈부처'는 상대방의 눈에 비친 사람의 형상, "당신 눈동자 속 나"이다. 이 이미지는 시선과 대상 사이의 일반적인 관계를 다른 차원으로 바꾼다. '눈부처'의 이미지 안에서 시선의 '주체/대상'의 이분법은 무너진다. '나는 나를 보는 당신 눈 속의 나를 본다'라는 상황은 당신의 눈을 일종의 거울처럼 만든다. 이때 '나'는 '당신 눈'의 시선의 대상이면서, '당신 눈'에 대한 시선의 주체이다. 이 상황에서 시선의 위계와 권력은 무너진다. 이 완벽한 시선의 상황은 '나'와 '너' 사이의 분별이 무의미해지는 순간이다. '花, 飛, 花, 飛'라는 한자어의 시각적 · 음성적 이미지와 의미가 만들어내는 어떤 절대적 풍경이 상상적으로 '현전'한다. "당신이 풍경이 되는 순간"은 영원으로 이어진 '눈부처'의 순간이다. 그런데 그 순간은 아직 도래하지 않는 순간이다. "그날이 오면"이라는 가정법 안에, 간절한 소망의 깊이에 따르는 통증이 스며들어 있다. 소망의 날카로움은 소망의 불가능성에서 비롯된다. 시의 후반부는 일종의 주술에 가까워진다. "이름 붙이지 않은 꽃나무 한 그루와/당신뿐"인 절대적인 풍경을 향한 가정법은, 영원한 '당신의 풍경'에 대한 주문이다. 이 시가 이 시집의 첫 시일 수밖에 없다면, 아래의 시가 이 시집의 마지막에 위치한다는 것은 필연적일지도 모른다.

그날이 돌아올 때마다
그 나무 아래서
꽃잎을 묻어주는 너를 본다

지상의 마지막 날까지 너는 아름다울 것이다
네가 있는 풍경이 내가 살고 싶은 몸이니까

기운을 내라 그대여

만 평도 백 평도 단 한 뼘의 대지도 소속은 같다
삶이여
먼저 쓰는 묘비를 마저 써야지

잘 놀다 갔다
완전한 연소였다

—「花飛, 먼 후일」 전문

이 시 역시 미래를 둘러싼 가정법을 보여주지만, 그 미래는 다만 소망의 미래는 아니다. 시의 화자는 '너'와 함께하는 풍경을 상상하는 대신에, "꽃잎을 묻어주는 너를 본다". "꽃잎을 묻어주는" 행위는 "그날이 돌아올 때마다"라는 문장으로 짐작하자면, '애도'의 의례일 것이다. '너'는 누구를 애도하는가? "먼저 쓰는 묘비를 마저 써야지"라는 문장에서 추측하자면, '너'의 애도의 대상은 '나'일 것이다. 그렇다면 이 시는 '먼 후일' '내'가 없는 세상에 '네'가 남아 '나'를 애도하는 장면을 보여주는 것이다. "기운을 내라 그대여"는 먼저 사라진 '내'가 남아 있는 '너'에게 보내는 격려가 된다. 여기서 사랑의 가정법은 '너'와 '내'가 함께 있는 풍경으로서의 미래를 향하지 않는다. 이미 '나'는 사라졌고 '너'는 '나'를 애도하는 장면 속에 있다. 그 장면 속 '너'와 '나'는 하나의 시간 속에 있지 않다. '너'와 '나'의 시간적 거리는 삶과 죽음 사이의 본질적인 거리이다. 그럼에도 불구하고 "네가 있는 풍경이 내가 살고 싶은 몸"이라는 시적인 논리는, 그 거리를 다른 차원으로 옮겨놓는다. '도래할' 애도는, 애도하는 남은 자에 대한 사라진 (혹은 사라질) 자의 미래의 격려가 된다.

> 서로를 위해 기도한 우리는 함께 무덤을 만들고
> 서랍 속의 부스러기들을 마저 털어 봉분을 다졌다.
> 사랑의 무덤은 믿을 수 없이 따스하고
> 그 앞에 세운 가시나무 비목에선 금세 뿌리가 돋을 것 같았다.
> 최선을 다해 사랑했으므로 이미 가벼웠다.
> 고마워. 안녕히.
>
> 몸이 있으면 그림자가 생기는 것처럼, 1월이 시작되면 12월이 온다.
>
> 당신이 내 마음에 들락거린 10년 동안 나는 참 좋았어.
> 사랑의 무덤 앞에서 우리는 다행히 하고픈 말이 같았다.
>
> —「이런 이별」 부분

김선우식 독특한 사랑의 가정법은 '이런 이별'을 만들어낸다. "1월의 저녁에서 12월의 저녁 사이"라는 기간,

"1월이 시작되었으니 12월이 온다"라고 말할 수 있는 시간이 있다. "매달리다시피 함께 걸었"던 시간이 있었으며, "눈치챌 수 있을 정도로 12월이 와서, 정성을 다해 밥상을 차리고" "서로를 위해 기도한 우리는 함께 무덤을 만"든다. 12월의 사랑은 왜 무덤을 만드는 사랑인가? "1월이 시작되면 12월이 온다"라는 명제는 '몸이 있으면 그림자가 생긴다'는 명제와 동궤의 것이다. 사랑의 시작은 사랑에 대한 애도를 예비하는 것이다. '10년'이라는 사랑의 시간이 있다면, 사랑의 시작은 필연적으로 애도의 시간으로 귀결되며, "그렇게 되기로 정해진 것"이다. 사랑을 둘러싼 '과거완료형'은 지난 시간에 대한 일종의 위로이면서 애도이다. 애도는, "사랑의 무덤은 믿을 수 없이 따스하고" "최선을 다해 사랑했으므로 이미 가벼웠다"와 같은 위로를 동반한다. '사랑의 무덤'이란, 시간의 폭력성 앞에서의 사랑의 불가능성을 환기시키는 것이 아니다. 반드시 도래하기 때문에 준비해야 할 '사랑의 무덤'은, 함께 밥상을 차리고 기도를 하는 일과 같이, 함께 만들어내는 또 다른 사랑의 시간이 된다. "가시나무 비목에선 금세 뿌리가 돋을 것 같"은 감각은, '사랑의 무덤'이 사랑의 다른 시간의 도래임을 암시한다.

그 아이가 겨우겨우 당신을 이해할 때라도
심지어 당신에 대해 냉담할 때라도

당신은 끝내 그 아이를 이해해야 하는 존재라고

그 아이가 겨우겨우 당신을 사랑하거나
심지어 당신을 미워할 때조차
당신은 끝내 그 아이를 사랑해야 한다고

그것이 신의 존재 이유라고 나는 소리쳤다

세상에 대해 아무런 죄 없는 그 아이를 살려내라고
이레 전 당신을 부른 내 목소리가 지금 나에게 닿는다
찢기며 금이 간 나의 내부가
수습할 수 없이 깨져버린 거울처럼 조용하다

불씨 한 줌을 꼭 쥐고 바닷속으로 내려갔다
차마 입을 열 수 없는 슬픈 노래가
바다거품처럼 떠돌았다
차가운 배 안에 불을 묻었다

이레 동안 당신을 불렀고
이레 후 당신을 떠나보냈다

불모의 신을 호명해 눈물이 바닥날 때까지 울다가
면죄부를 쥐여주고 돌려보낸 후

너덜너덜해진 그해 봄이 기울기 시작했다

차갑게 언 아이들이 물속으로부터 떠올랐다

—「그해 봄 처음으로 神을 불렀다 1」 전문

사랑과 애도의 문제에 대해 말해야만 한다면, '그해 봄'에 대해 말하지 않기는 어려울 것이다. '그해 봄'이 인간으로서의 윤리적 감각과 감수성의 한계를 직면하는 시간이었다면, '신'을 부르지 않고 그 시간을 대면한다는 것은 어렵다. '신'을 부르는 시간은 인간으로서 도저히 감당할 수 없는 윤리적 무력감의 상황이다. '신 – 당신'을 이인칭으로 호명하는 순간은 '감당할 수 없음'을 경험하는 장면이다. 인간 주체가 '감당할 수 없음'에 대면할 때, 그 상황은 이제 '신'의 영역이어야 한다. 이때 감당할 수 없음을 표현하는 언어는, 언어로는 감당할 수 없는 것들을 증언해야 하는 불가능성의 언어이다. 여기서 '이레'라는 시간이란 무엇인가? '일곱 날'은 구약에 의하면 만물을 창조하고 마지막 날은 휴식했던 기간이며, 홍수라는 재앙으로 세상을 벌한 기간이기도 하다. "이레 전 당신을 부른 내 목소리가 지금 나에게 닿는다." 그 일곱 날 동안 신을 향한 목소리는 다시 되돌아온다. "당신을 불렀"던 '그 이레'가 지나 희망이 사라졌을 때, "당신을 떠나보냈다"라고 말할 수밖에 없다. "불씨 한 줌을 꼭 쥐고 바닷속으로 내려"가 "차가운 배 안에 불을 묻"는 행위는 상상적인 제의(祭儀)에 가까울 것이다. 이런 제의적인 이미지는 감당할 수 없는 것을 감당하려는 시의 언어이다. "불모의 신"이 '당신'과 동격의 신인지는 확실하지 않으나 '나'는 "면죄부를 쥐여주고 돌려보"낸다. '신'에게 면죄부를 쥐여준다면, "차갑게 언 아이들이 물속으로부터 떠"오른 '그해 봄'은 이제 누구의 죄인가? 그 질문은 종교적인 질문이면서 윤리적인 질문이고, 동시에 정치적이고 시적인 질문이다.

> 우리가 남이니?
> 자기 그림자를 뜯어내려는 소년을 끌어안으며 어른이 운다.
> 그럼 당신이 나예요? 남이지.
> 난폭하게 잡아 뜯는 소년의 그림자에서 핏물이 떨어질 것 같다.
> 우리가 어떻게 남이니?
> 어른의 울음소리가 더 커진다.
> 웃기시네. 나랑 같은 걸 느끼는 것도 아니면서 척하기는.
> 어른의 울음소리가 소년의 차가운 웃음에 덮인다.
> 그런 얘기가 아니잖니?
> 담장 아래 흰개미 굴이 가득했다. 담은 곧 무너질 텐데.
> 남인데 남 아니라고 우기면 맘 편해요? 그럼 그러시든가.

소년은 소년대로 사무친 것이 있고
어른은 어른대로 소년이 사무쳤다.
사무쳐서 봄이 왔고
사무쳐서 꽃이 피었다.
사무쳐 벌어진 것만 꽃이었다.
얼룩 같은
얼굴들이었다.

—「변검」 전문

'변검'은 가면을 바꾸는 중국 전통 기예를 의미한다. 순식간에 가면을 바꾸는 신기한 기술인 '변검'은 풍부한 비유가 될 수 있다. 이 시에서 '소년'과 '어른' 사이에는 힘겨운 소통의 문제가 있다. "우리가 남이니?"라는 어른의 말에 소년은 "나랑 같은 걸 느끼는 것도 아니면서 척하기는"이라고 냉소적으로 대응한다. "자기 그림자를 뜯어내려는 소년"의 고통과 함께하려는 어른의 윤리적 고통은 왜 소년의 냉소의 대상이 될까? "고통받고 있는 사람들에게 연민을 느끼는 한, 우리는 우리 자신이 그런 고통을 가져온 원인에 연루되지 않았다고 느끼는 것이다"라고 신랄하게 비판한 것은 『타인의 고통』에서의 수전 손택이다. 어른은 연민이라는 면죄부를 넘어서 소년의 고통과 "같은 걸 느끼"게 될 수 있을까? '나'의 연민은 '너'의 고통과 같아질 수 있을까? "남인데 남 아니라고 우기면 맘 편해요?"라는 차가운 비아냥에 대해 어떤 윤리적인 대답이 가능할까? '사무치는 봄'에 대해 어떤 고통의 연대가 가능할까라고 물을 때, 그 시적 대답은 그것이 가능하다고 주장하는 자리는 아닐 것이다. '변검'처럼 가면을 바꾸는 장면이 '동일화'와 '주체화'의 불가능성이라고 말해본다면, 차라리 윤리적인 실존은 소년의 고통을 정확하게 함께 느끼는 것은 불가능하다고 고백하는 것이 '가능'할 것이다. 어떤 연민의 얼굴도 '너'의 얼굴과 같아질 수 없는 '변검'이라면, 남은 것은 다만, 그 "얼룩 같은 얼굴들"의 '다름'과 그 '다름으로써의 같음'을 인정하는 것, 그 '얼룩 같은 얼굴들'의 보이지 않는 연대를 상상하는 일.

오늘의 밥그릇에 낯선 혈액이 가득합니다.
그날의 슬픔 때문에 나의 생이 길어졌어요.
그날은 다 다른 날.
당신의 그날은 당신 속에 있지요.
붉은 거울이 내걸린 하늘입니다. 거울 속에서 걸어 나온 미래의 바람이 둥글게 입을 열어 노래하네요. 뼈마디 어그러지는 소리들 공중에 가득합니다. 비정한 시간이 지은 집이란 걸 한눈에 알아볼 수 있는 몸이로군요.
내가 당신을 안을 수밖에 없는 이유입니다.

모든 곳에 있고 아무 곳에서나 열리지는 않는

뜨겁고 냉정한 ㅁ音의 세계

태어날 때와 죽을 때처럼

사람으로서의 생이 끝난 후 지수화풍으로 흩어져 우주를 오가는 당신을 느낀다. 응, 좋다 참 좋다. 슬렁슬렁 소요하는 당신의 발자국을 손 짚어 따라가며 이 시간이 지난다. 따스한 발자국에 닿는 차가운 내 손. 문득 당신이 돌아본다. 미안하다. 내 손이 아직 차갑다.

죽을 때와 되돌아올 때처럼

미천한 나의 유일한 자랑은 그럼에도 불구하고 거의 언제나 사랑하고 있다는 것. 모든 시는 진혼가이자 사랑의 노래임을 내가 아직 믿고 있다는 것.

인연 맞는 때가 오면 다시 만날 거예요. 사람으로건 사람 아닌 것으로건 숨결 있는 모든 세상 어느 작은 조각으로든 하아, 강가 모래 속 반짝이는 한 점 비늘 같은 당신을 나는 알아챌 겁니다. 가만히 당신 옆으로 가 한 손을 잡을 거예요. 그때 당신, 나를 알아보길. 왔군요…… 그래요……

—「보칼리제, om 0:00」 부분

애도의 시를 돌아서 다시 사랑의 시에 도착했다. 그런데 애도와 사랑은 다른 것인가? 어쩌면 사랑의 불가능성이라는 처음의 전제 앞에서, 모든 사랑은 '애도의 형식'을 가질 수밖에 없는 것이 아닌가? "그날의 슬픔 때문에 나의 생이 길어졌어요"라고 말할 때, '그날'은 가장 큰 상실의 날이고, "당신의 그날은 당신 속에 있"다. '그날' 이후의 시간이란 "비정한 시간이 지은 집"의 시간이다. 이 "뼈마디 어그러지는 소리들"의 시간은 역설적으로 "내가 당신을 안을 수밖에 없는 이유"가 된다. 그런데 어떻게 당신을 안을까? '당신'과 '내'가 "비정한 시간" 속에 떨어져 있다면 말이다. "사람으로서의 생이 끝난" 시간이 그 사이로 가로놓여 있다면? 불교적인 논리 안에서 사람의 죽음은 다만 육신이 '지수화풍'으로 흩어지는 것일 뿐이다. '당신'과 '나'의 사랑은 "비정한 시간"을 넘어 '우주'의 공간에서 느끼고 만난다. '당신'의 "따스한 발자국에 닿는 차가운 내 손"이 있는 것이다. '당신'과 '나'는 그런 방식으로 "사람으로건 사람 아닌 것으로건 숨결 있는 세상 어느 작은 조각으로든" "인연이 맞는 때가 오면 다시 만"나고, "당신을 나는 알아챌" 것이다. '당신과 나'의 사랑은 생과 죽음을 경계를 넘어 우주의 공간 속에서 다시 만나는 사건이다. "모든 시는 진혼가이자 사랑의 노래임을" 보여주는 이 시는, 애도와 사랑이 같은 사건일 수 있다는 것을 드러내는 일종의 '시론'으로 읽을 수 있다.

이 시에 등장하는 다소 낯선 시어들, 이를테면 '구음(口音)'이나 'om' 같은 말들에 대해 덧붙일 필요가 있다. 전통음악에서 구음은 악기의 소리를 의성화하여 입으로 부를 수 있도록 기록한 의성어 혹은 부호를 의미한다. 구음은 의미내용을 갖지 않는 악기의 소리에 가까워지려는 인간의 육성이다. 'om'은 힌두교의 거룩한 음절, 우주의 근원으로서 브라만의 '세계 혼'의 개념을 표현하며 명상 수단으로 이용된다. 이 두 시어들은 이 시가 가진 시론으로서의 성격을 더욱 강하게 암시한다. '구음'과 'om'이 악기의 소리 혹은 신적인 절대성에 다가가려는 인간의 육성이라고 한다면, 언어 이전의 근원적인 소리들은 '진혼'의 뉘앙스를 환기시켜준다. 라흐마니노프의 「보칼리제」라는 가곡은 '무언가(無言歌)'로 불리며, 가사 없이 '모음'으로만 부르는 음악이다. 「보칼리제」는 가사라는 의미내용을 갖지 않는 '구음'으로서의 사랑 노래이다. '구음' 'om' '보칼리제' 같은 시어들은, 가사로 표현될 수 없는 사랑과 진혼의 지극한 소리(혹은 음악)의 경지를 암시한다. 이 시집 전체의 언어들은 시집의 제목처럼 '녹턴'으로서의 비언어적 리듬의 층위에 도달하려는 것이라고 볼 수 있다. 그런데 'om 0:00'라는 제목의 표현 속에서 'om'은 또한 어떤 시간대를 표시하는 것처럼 보인다.

산 사람들 속에 죽은 사람들이 함께 살아서
여기가 진짜 지옥이 되지는 않는 거라고,
나에게 보낸 너의 마지막 편지에
씌어져 있었다 달빛이 따스했다

착하고 슬픈 사람들을 위해 시를 쓰겠다고
달에게 약속했다

*

"믿어야 구원받습니다. 믿지 않으면 지옥에 갑니다. 지옥에!"

am과 pm의 시간에서 누군가 말한다 그 순간 om의 시간이 그믐처럼 스미며

당신…… 여기가…… 어디라고 생각해?

―「나들의 시, om 11:00」 부분

이 시집에서 om은 성스러운 음절이라는 종교적인 뉘앙스 이외에도 "am과 pm의 시간"과는 다른 차원의 시간을 암시한다. 그 시간은 "언젠가 죽어본 적이 있는 그 시간"이다. 'om'은 "산 사람들 속에 죽은 사람들이 함께 살

아" 있는 그런 시간일 수도 있다. "am과 pm의 시간"이 산 자들의 일상적 현실 속에서의 시간이라면, 'om'은 이미 죽어본 적이 있는 사람들의 시간이며, 그 사람들과 함께 하는 '중음'의 시간이다. 그 시간은 "24시간으로부터 너무 멀리 온" 시간이기도 한 것이다. 그 시간은 "언젠가 죽어본 적이 있는" 기억과 "혹은 너의 몸 끝에서 내가 깨어난"(「나들의 시, 너의 무덤가」) 순간들이 공존하는 사랑과 진혼의 시간대이다. 그 시간대에서 '나'와 '당신'은 '나들'이라는 기이한 주체의 이름을 갖는다. "1인칭 복수형이지만, '우리'와 다른,/'나들'이라 이해할 수밖에 없는 '나'"가 이 시들의 잠재적인 주체이다. '우리'의 이데올로기는 집단적 동일성을 전제로 '나'과 '당신'이라는 개체를 집단적 주체성 안에 포섭해버린다. '나들'이라는 이 기묘한 호명 방식은, '나'와 '당신'이라는 개별성들이 '공명'하고 '공감'하는 '시적' 인칭이다. "'너'의 아픔에 덩달아 아픈 '나들'"(「詩의 죽음을 애도하는 이유」)이라는 명명에서, '너'는 '나'라는 주체의 대상이 아니며, 결코 객체화될 수 없는 존재로서 '너'와 '나'는 끝내 만난다. '나들'은 '내'가 온 존재를 기울여 함께하는 '나－너'가 공존하는 시적 주체의 이름이다.

꿈에서 만난 죽은 사람에게
흰죽을 한 숟가락씩 떠먹이는 자세로

나는 네거리에서 흰죽을 먹고 있다

숟가락을 쥔 오른손의 그림자
아주 희미한 나비의 웃는 그림자

당신은 어느 쪽이에요?
나는 어젯밤 나를 만났어요.

—「조금 먼 아침」 부분

'당신'이 "꿈에서 만난 죽은 사람"이라 하더라도, '나-너'는 진혼의 주체와 대상으로 나뉘지 않는다. '내'가 먹는 것은 '당신'이 먹는 것이고, '당신'을 만나는 것은 '나'를 만나는 것이다. '나들'의 시간 속에서 '나-너'는 이미 함께 죽은 적이 있고, 또 죽은 것처럼 기이하게, 함께 살아 있다. '구음'으로밖에 표현할 수 없는 진혼은 멈출 수 없고, "한 나라를 상여에 싣고 葬地로 가는 동안"에도 사랑은 끝나지 않는다. ▨